# 금목서 향기는 그늘을 가리지 않고 빛난다

KB194830

# 금목서 향기는 그늘을 가리지 않고 빛난다

이동견 시집

## 시인의 말

전부라 여겼던 세계를 닫고
새로운 세계의 문을 두드렸다
두려웠다
철새마을은 객을 살갑게 가족으로 받아주었다
쇠뜨기 쇠비름 소루쟁이 질경이 망초 달개비
한 발 물러 앉은 몸짓을 그렸다
저어새 개똥지빠귀 콩새 박새 굴뚝새
날갯짓에 엉키는 피를 읽었다
깻잎 따는 손 모종 심는 호미 전지하는 가위 꽃 눈꼽 떼는 핀셋
흙에 젖은 땀의 숨소리를 받아 적었다
화려하지 않고 드러내지 않아 눈여겨보지 않은 이름들이다
시인만 읽는 시가 아니라
시민이 읽는 시를 쓰고 싶었다
그러나 절감했다
그들의 가슴을 두고 무엇을 말하려는가
나를 창조하라는 니이체 외침이 등짝을 후려쳤다
여기 그들의 일상을 일러바친다
덜컹거리는 소리와 정교하지 못한 말은
철새 마을의 심장 소리로 귀담아 들어주시면 좋겠다

2024년 10월 철새 마을에서
이동견

# 차 례

● 시인의 말

제1부

물 텀벙 ─────── 12

달빛 세 ─────── 14

채전의 유산 ─────── 16

풍선인형 ─────── 18

민달팽이 ─────── 20

목욕 ─────── 22

부지깽이나물 ─────── 24

등을 굽다 ─────── 26

아버지를 먹는 새벽 ─────── 28

그레고르 잠자 ─────── 30

바람 갤러리 ─────── 32

터널의 터널 ─────── 34

검은 만월 ─────── 36

원룸 ─────── 38

황사 바람 ─────── 40

제2부

주먹을 줍다 ———— 44

택배 ———— 46

열대야 ———— 48

염소 뿔을 베었다 ———— 50

동판벌 ———— 52

곡우 ———— 54

밤에 우는 꽃 ———— 56

김의 몰락 ———— 58

유수지 ———— 60

플래시 ———— 62

외딴 약국 ———— 64

금지된 외출 ———— 66

억새꽃 ———— 71

난감한 화병 ———— 72

하이에나 ———— 74

크레바스 ———— 76

제3부

고욤나무 ──────── 80

천변 노숙 ──────── 81

동지꽃 ──────── 82

여름 한파 ──────── 84

자벌레 ──────── 86

배신과 배려 사이 ──────── 88

동업 ──────── 90

노근 ──────── 93

비요일 ──────── 94

그 겨울의 꽃집 ──────── 96

난해한 분노 ──────── 98

제비꽃 수제비 ──────── 100

달 김치 ──────── 102

야간 비행 ──────── 104

우두커니 나무 ──────── 106

제4부

금목서 향기는 그늘을 가리지 않고 빛난다 ——— 110

나비 성城 ——— 112

순대 ——— 114

길 ——— 116

복서 ——— 118

겉절이 ——— 120

야 백 수 ——— 122

터널의 경고 ——— 124

동물성 가스관 ——— 126

찻잔 ——— 128

바나나 ——— 130

한 상자 미인을 싣고 ——— 132

배롱나무꽃 ——— 134

누드화 그리는 밤 ——— 136

철새 공항 ——— 138

자린고비 김밥 ——— 140


이동견의 시세계 | 임지훈 ——— 146

제1부

# 물 텀벙

텀벙 소리만으로 속이 확 풀어지는 겨울 바다가 있다
감포항 물메기가 물 때를 만났다는 소식 들썩거리면
안방 온돌바닥이 덩달아 펄쩍거렸다

비릿한 비닐봉지가 칼바람에 쫓겨나는 골목을 지나
김 서린 문을 열고 들어간 식당은
얼큰한 겨울 맛이 후끈거렸다

물메기 대가리가 입을 벌리고 열반을 토해내는 걸 지켜보
는 등 뒤에서
형님 물메기 한 그릇 하러 오이소
끓고 있는 물메기 목젖에서 나는 듯한 소리가 들렸다
밥을 먹다가도 달려가야만 할 것 같은 목소리였다
물렁뼈가 물러지도록 기다릴 것 같은 목소리였다

물메기는 제 몸을 풀어 내가 흐물거릴 때까지
뜨끈한 몸짓으로 내 생각 깊숙이 흔들어 깨웠다
나를 다그쳤던 고드름 같은 시간은

내 바닥을 긁어내는 반성문으로 녹아내렸다

다음에 밥 한번 먹자
허공에 난발했던 공수표들이 식은 밥 덩어리를
파도가 제 뺨을 후려치는 바다에
물 텀벙
물 텀벙
내던지고 있었다

# 달빛 세

두 시간 달려 도착한 산마을에 보름달이 떴다
과속으로 달려온 삶이 감시카메라에 찍힌 것 같아
산 마을 달을 마주하기 부끄럽다


아무리 살아봐도 짐승 같은 삶인데
차라리 산짐승으로 살겠다며 산까치처럼 산으로 날아온
사람
어느새 산가족을 거느리며 살고 있었다


계곡 바람은 앞뜰 원목 탁자를 말끔히 닦고
냇물 소리는 접시를 부셔 가지런히 내다놓았다
반딧불이를 배운 남자는 부채질로 숯불에 마음을 옮겨 붙
이고
사슴 눈 닮은 여자는 소반 가득 산나물 향기를 풀어놓았다


달빛이 넘칠 듯 출렁이는 아낙의 눈빛에 젖어
산새들은 자장가 없어도 잠들었겠다

달빛이 어쩌면 이리도 고운가요
부러워하는 속내를 들킬세라 인사치레를 했다
거긴 전기세를 내지만 여긴 달빛 세를 내지요
그럼 오늘 달빛 세는 내가 낼게요
그럴 줄 알고 미리 냈지요
그러니까 맘껏 드시고 달빛 샤워도 즐기세요

이 말이 달빛에 파문을 일으키기도 전에 나는
달나라의 안주인이 내준 달빛 주를 마신 듯
화끈 취기가 달아올랐다

이런 세금이라면
아무리 낸다 한들 가난할 수 있을까
이만한 인심이라면
아무리 퍼낸다 한들 마를 수 있을까

# 채전의 유산

이 밭 발소리를 먹어본 적 있나요
주인도 모르게 비닐봉지에 담겨 대문에 걸려 있던
풋고추와 오이를 보았는지요
몇 번인지 기억나지 않는다고요
그래요 그걸 어찌 다 기억하겠어요

밭고랑에 고꾸라져 녹슬어가는 호미는 어디에 걸어둘까요
연탄재를 친구 삼아 머리 하얘지도록
채전을 의지하며 살았던 낮은 지붕은
조롱박을 눈망울로 매달고 익어가는 채전을
하염없이 내려다봅니다

울타리에 기댄 쌀독에 든 진라면 반 봉지를 놓고
가르릉거리는 고양이와 강아지는
어느 품에 재울까요
새우깡 사달라고 따라다니던 손주 마냥
허리를 받쳐주고 짐도 날라주던 노모차는 흙 수건을 뒤집
어쓴 채
부고장을 물고 날아가는 콩새를 바라봅니다

쓰러져가는 담벼락을 지키던 가죽나무는 누런 상복을 입고
한나절 엎드려 조객을 받고요
어디서 소식을 들었는지
고추잠자리가 바지랑대 끝에 미동 없이 앉았다가
하늘 문을 세 번 두드리듯 채전 상공을 선회하다 날아갑
니다

늙은 호박잎은 쭈그러진 호박 줄기를 한 방울까지 짜내서
채전이 미처 남기지 못한 말을
저만 아는 문장으로 가득 적었는데요
노랑 초록 갈색으로 밑줄을 긋고 어떤 대목에선
애가 타는지 구멍이 숭숭 뚫렸어요
누가 저 문장을 해독할까요

지나가던 바람이 스산한 얼굴로 애도를 표하고선
날은 저무는데 남은 채전 식솔을 걱정하는 듯
자꾸 뒤를 돌아보다 갑니다

# 풍선인형

바람을 먹고 사는 풍선인형
신장개업 화환에 둘러싸여 춤을 춘다
아무도 지켜보지 않는 출근길 아침
교차로 신호등 앞에 서서 신호를 버리고 춤사위를 지켜
봤다

불콰한 얼굴 머리는 산발 발마저 묶인 바람 댄서
막 야근을 마치고 눈을 붙인 가로등은 자거나 말거나
팔을 비틀고 허리를 꺾고 고꾸라질 듯 자빠질 듯 묘기를
보이는데
음악과 스텝이 엇박이다
멀쑥한 키와 길쭉한 다리는 붉은 머리띠 대열을 이끌고
둠 둠 둠 북소리 휘날리며 학춤 추던 학다리 같다

한 시절 어딜 다녀왔을까
어쩌다 바람에 덜미 잡혀
발목마저 저당 잡히고 춤을 파는지
성치 않을 저 속과 허리를 나는 좀 알고 있다

내 것보다 남을 먼저 일으켜 세우던 속 없는 사람

그 허한 속을 바람이 드나들며 밥을 먹인다

바람에도 피가 흐르고 생각이 드나들어서

나도 저 바람을 먹고 끊어진 기타 소리를 내며

생의 거리를 떠돌았다


내일은 또 어느 축제판에서

바람의 찬송가를 현란한 비트에 맞춰 빅 스텝을 밟을지

# 민달팽이

시래기는 민달팽이가 살기 좋은 집
버릴 것 없는 시래기는 집 없는 달팽이를 불러들인다


시래기 된장국이 먹고 싶다던 아이가 돌아왔다
캐리어를 끌고 달빛을 끌고
시래기처럼 푹 숨이 죽어서
엄마 시래기 된장국 맛에 끌려 돌아왔다


삶이란 걸 시래기마냥 함부로 가방에 구겨 넣던 시절
입고 나갔던 야전잠바를 뒤집어쓰고
수년 만에 집으로 돌아오던 날
내 꼴이 저랬을 것이다


아무것도 묻지 않은 어머니는
나를 아랫목에 공깃밥인 양 밀어 넣고 이불을 덮었다
마디마디 갈라진 손이 뚝딱
엄마의 심장으로 펄펄 끓여 내오시던 시래기 된장국

눈은 밤새 날리고 나는
된장국에 취해 양지 녘 눈사람으로 녹아내렸다
부르튼 촉수가 아물어 가던 아랫목은 문풍지 소리 솜이불
끌어당기고
장작 타는 소리가 음악이던 밤

눌렸던 점액질은 펑펑 쏟아져
집 가진 달팽이도 부럽지 않은 밤이었다

# 목욕


탕에 몸을 담그면 튜브 물감이 되는 액자가 있다
액자에 눌렸던 물감의 의지가 감정을 해체시킨다
수면 캔버스에 물고기가 뛰어오르는 그림은 어떨까


물을 가르는 터치는 날랜 지느러미의 방향이 된다
물살은 힘을 만들고 힘은 물을 끌고 간다
물살을 속사한 밑그림이 호흡을 가진다
부레가 자라고 아가미가 커지고 입술이 동그랗게 물에 찍
한다
한 개 두 개 네 개 여덟 개 상상 밖으로
수천 개 입술에 뻐끔거리는 당신의 말
나는 알아듣지 못하고 헤엄쳐 나간다


가쁜 숨은 어디로 갔을까
횡격막이 부푸는 느낌은 날개를 가지는 기분
그 기분으로 날개 없이 날아오르는 몸짓을 얻는다


꼬리가 잠자리를 낚아채려고 수면 밖으로 뛰어오르는 그림

잠자리 대신 풍선을 물고 나르는 수채화는 어떨까
현란한 몸짓이 곡선을 그려내는 수면에
숨을 참는 법을 배우던 몸피가 너울거린다

그림을 갈아 끼우듯 지느러미를 바꿀 수는 없을까
씻겨 지지 않는 물감의 원적
가능하다고 말할 수 있을까

물속 굴절을 켜면 거대한 풍선이 부푸는 꿈
풍선에서 비늘이 돋고 비늘에서 물고기가 산란하고
물풍선을 물고 일제히 달려오는 빨간 입술들
우아하다 말할 수 있을까

바람 빠진 물고기
뼈가 생각인 물고기
뼈가 드러난 물고기 그림
걸어 둘 수 있을까

## 부지깽이나물

여자는 시멘트 담장 아래 어머니를 심었다

봄바람에 밀려드는 간판을 만드느라
남자는 여름밤을 늘려 쓰고
여자는 밤낮의 경계선을 허물었다
여자는 간판 귀퉁이에 친정에서 담아온 목소리를 그리고
그리움으로 채색한 꽃을 심었다

바다 건너 노란 꽃 피었다는 소식 오면
금빛 돛을 달고 바다를 건너자
앙카볼트로 조였던 맹세는 종을 울렸다

가을은 우두커니 동녘을 바라보다가 창을 닫고
겨울은 난파선에서 가끔 구출되곤 했다

폭설은 사다리 끝에 올라선 머리칼을 할퀴다가
혀끝에 맴도는 말을 토막토막 날려 보냈다
미친 듯이 달려오는 폭설 너머엔

마른 나물을 비벼놓고
부뚜막에 앉아 눈발을 바라보는
쾡한 눈이 방울져 흩날렸다

하얀 목소리는 눈보라를 머리끝까지 끌어 덮고
앙카볼트 조이는 소리를 단박단박 잘랐다

남자는 난파된 사인에 올라가 고리에 배를 묶고
세일링 자세로 만월 빛 돛을 달았다
바람의 바다를 항해하는 동안 남자는
녹슨 종소리 같은 숨은 그림을 발굴할 때마다
바람이 등뼈를 읽어 내리는 소리를 짚어가며
나물나물 울었다

# 등을 굽다

새우를 굽는다
굽은 등을 굽는다
냄비 속 달구어진 소금 위에 새우가 생애 마지막 뜀뛰기
를 한다
투명 뚜껑을 넘으려고 죽을힘을 다해 뛰어오른다

소금이 이토록 뜨거운 적 있었나
새우는 몸짓으로 붉은 질문을 던진다

타다닥타다닥
살점 익는 소리가 축제판 불꽃 터지는 소리로 들리다가
새우들이 일제히 외치는 최후의 한마디로 들렸다
여주인이 술잔과 소스를 내려놓고 돌아서자
어디선가 자진모리장단이 내달린다
긴 수염이 속은 자신을 두드리며 부르는 망향가 같다

누리고 살지는 못해도
등 한번 펴고 살날 있겠지

그 꿈 장렬하게 내려놓고
그래도 둥글게 살아야 한다는 듯
굽은 등으로 동그라미를 그린다

자신의 몸이 성화로 피는 줄도 모르고
최후의 몸짓으로 쓴 문장은
생을 달군 철판 위에
한 획 흐트러짐 없이
갑골문자 묘비명을 새긴다

# 아버지를 먹는 새벽

새벽에 홀로 앉아 밥을 먹는다
세상은 아직 단잠에 취해 있고
어둠의 끝자락은 살아내야 할 하루의 경계를 긋고 있다

내 어릴 적 식사 시간은
종교의식보다 엄숙했다
밥 한 톨 흘린 날엔
밥알보다 굵은 땀을 흘리고서야
밥상머리 의식이 끝났던 것인데

아버지가 되어 새벽밥을 먹어보니 알겠다
한 숟가락의 밥이 아버지의 육신 한 점이었고
된장국 한 모금이 어머니의 땀 한 종지였다는 것을

어둠을 내려놓고 여명의 실루엣을 걷어 올려
아침을 내어놓는 장엄함을 당연한 일상으로 여겼듯이
매일 밥상을 마련해주신 부모님께
고맙고 감사함에 한 번도 머리 조아린 적 없었다

세상을 모르고 잠든 저 어린 것들도
아버지가 되면 알겠지
홀로 앉아 왜 새벽밥을 먹어야 하는지
밥상은 왜 온기를 담아야 하는지

밥이 꿈이 될 수 있게
꿈이 밥이 될 수 있게
왜 달게 씹어야 하는지

# 그레고르 잠자


꿈이 꾸었던 잠을 따라갔을 뿐인데 병실이다
나는 나로 온전한데
꿈을 쫓아갔던 말과 손발이 아직 돌아오지 않고 있다
도대체 나는 어디를 다녀온 것일까
한 걸음의 시간을 외출했을 뿐인데


나는 내 형식으로 말하고 내 밖은
위치 추적 더듬이가 접속되지 않는 것일까
전혀 나의 말과 몸짓을 받아 읽지 못한다
팔과 다리를 이리저리 돌리고 혈관을 찔러 주파수를 맞
춘다
그럴수록 나는 뭉텅뭉텅 빠져나간다


손을 내미는데 어깨가 따라 나오고
말을 내미는데 머리가 먼저 나온다
이 형식은 벌레를 닮았다


벌레는 벌레를 버려서 우화를 꿈꾸고

나는 나를 버리지 못해

난파된 주파수는 길을 잃는다

## 바람 갤러리

골목 담벼락에 나의 뒷모습이 스치고 바람이 지나갔을 뿐
인데
그가 보인다
바람을 등지고 걸으면 그림자 거인이 앞서 걸어간다


소금 칼로 깎은 연필이 그와 함께 고래를 그리던 생선 집
탕국 미나리는 그날 빛 그대론데
새파랬던 그의 구레나룻은 은비늘이 번득였다


갯벌 무늬가 펼쳐진 그의 목은 울대를 불룩거리며
소주잔을 보이지 않는 영상 깊숙이 털어 넣었다
갈라진 그의 손마디엔 소금기가 발효되고
핏줄이 불거진 손등엔 끊어졌던 시간이 양각되어 있었다


노부의 유효기간은 사흘마다 재생되고
바람이 푸른 낙엽을 우르르 노란 선 밖으로 쓸어내던 날
여름은 소문 없이 증발했다
종부라는 신발 한 켤레와 파릇파릇 돋는 유치를 남긴 채

지느러미 같은 그의 목소리는 공중에 물보라를 일으키며
마주 보는 하얀 벽에 자화상을 투사했다

철판을 오려 섬을 심고
파도를 엮어 고래를 잡는 동안
바람은 그의 계곡을 깎아내고 그는 바람의 갈기를 다듬었다

불빛 없는 등대는 밀려왔다 멀어지고
암청색 캔버스에 낡은 엔진소리를 그리는 노을에 잠겨
매일 거울에서 만나는 흉상을 들여다보듯
나는 갤러리처럼 앉아 환조를 바라본다

제 몸짓으로 불러낸 바람이 스쳐 간 능선에는
그림자가 퇴적한 방향으로 빛은 녹슬고
눈길이 가 닿는 곳마다 사유로 퍼낸 샘물이 고요하다

# 터널의 터널

나를 낳아 주세요
지하철 임산부석에 울부짖는 태아 인형
탯줄을 손잡이에 묶고 얼굴 모르는 엄마를 기다린다

울어도 젖지 않는 울음은 제 안에서 동동거릴 뿐
외쳐도 들리지 않는 소리는 눈빛으로 말한다
자신을 닮은 심장 소리 찾으려 귀를 쫑긋 키워 본다

내가 손을 내밀면 없는 손이 내 볼을 만지고
까꿍, 하면 소리 없이 까르륵하다가
눈을 맞추면 눈빛은 방글방글 옹알이한다

하루치 궁리를 짊어진 사람들은 나무 자세로 빽빽하고
엄마하고 부르면 숲은 안녕이라고 답하지만
엄마의 메아리는 침묵을 넘지 못한다

다시 역이 열리고 발소리가 다가온다
스니커즈일까?

하이힐일까?

앞에 선 원피스의 눈을 맞추어 보지만

신작 타워텔 분양 영상에 눈이 멈춘다

기다림은 또 사라지고

엄마의 터널은 길어진다


지하철은 지하를 벗어날 수 없어서

태아 인형은 엄마 밖으로 나갈 수 없어서

# 검은 만월

고라니 울음 빗발치는 밤은 극본 없는 서바이벌 경연장
폭풍우 관절 꺾이는 소리에 하늘 가득 만월이 뜹니다

빗방울 소리 주워 낙숫물에 던져요
투명 구슬 음계는 구부러진 송곳니 달래는 건반이 되고요
공중 호수에 동그랗게 구워지는 울음이 세 발로 내려옵
니다

오지 않을 사람이 두드리는 창밖 너머
낙숫물이 부친 부추전으로 초대장을 부쳐요
주소 없이 보내는 초록 향기는 순서 없는 주인이어서
부르지 않은 이름이 먼저 달려옵니다

나뭇가지가 회초리를 들고 달려드는 성찰을,
고스란히 두들겨 맞아도 아프지 않아요
고라니가 대신 다 울었기 때문일까요

두들기다가 튀어 올라 뒤집혀 엎어져서는 쫄딱,

만월을 타악하는 난타극은 이파리마다 매달린 불안을 떨어내고요

발톱을 슬쩍 흘리고

꼬리를 진검처럼 들고 피아노 유령으로 다가와

복서 주먹을 내미는 경연은

검은 박수가 열광하는 환희에 외줄을 탑니다


한 조각 빛마저 버려서 어둠을 다 가진 만월은

접질린 소리를 보듬어 안고 젖은 달팽이관을 불러 모읍니다

어둠엔 핵과류 같은 불씨가 이글거려요


고라니 눈망울엔 여명의 막이 올라갑니다

누가 검은 만월을 타오르게 할까요

# 원룸

고독한 것은 모여 산다
우리 동네 원룸도 모여 산다
그래도 고독하긴 마찬가지

창을 켜면 고독은 문이 되고 창을 끄면 고독은 벽이 되는
저녁
나는 천변으로 가서 징검다리의 생각을 두드려보다가
건너 기다림을 켜 둔 캄캄한 창들을 바라본다
태아처럼 웅크리고 있는 저 고독성

비틀거리는 가로등 불빛을 부축해 돌아오는 길
벽을 마주하고 소찬을 당겨 앉으면
연통 속 같은 하루가 비상 로프 없이 낙하한다

달빛에 걸어 둔 빨래를 개키다가 물소리에 젖어
창에 비친 얼굴을 바라보면
끊어낼 수 없는 발목이 우글거리고
연잎 위엔 감겨지지 않는 동공이 방향 없이 구른다

귀지를 사르던 불타는 혀들
곰팡이 빛으로 번지는 그림자들
락앤락에 반찬처럼 밖으로 새지 못해
안으로 안으로 숙성되는 고독의 냄새

기다림에 헐어버린 달빛이 젖는 수면에
폭우에 팬 갯버들이 뿌리를 드러낸 채 잠들면
몸 안으로 주절대던 입술은 저 홀로 산란한다

침잠에 침착하는 불 꺼진 창들
꽃을 잊어버린 색소경처럼
최초의 몸짓인 듯
동굴 속으로 헤엄쳐 가는 물고기들

# 황사 바람

오늘 또 한 사람이 사막을 떠났다
신문 방송 인터넷 마을로
나는 사막여우처럼 뛰어다녔다

머리를 들면 나뭇가지에 잎이 돋고
고개를 돌리면 그 가지에서 잎이 지고 있었다
계절이 스스로 제 길을 찾아가는 동안 쌍봉은
계단이 모래성이 되는 줄도 모르고 등짐을 날랐다

그들이 던져주는 다음이라는 말이 솔개의 먹잇감이 되어도
모래알만큼도 슬프지 않았다
하지만 굳게 잡았던 손이 신기루인 걸 알았을 때
가슴이 선인장 가시에 콱 박혔다

혼자라도 모래밭에 청포도를 심을 거야
불끈 쥐어 보이던 주먹은 버썩거리는 어둠을 씹으며
오아시스 행 열차를 타고 떠났다

쇠비름 질경이 그림자 시드는 모래 언덕

적란운 맞으러 간 실구름은 마른 손 비비며 돌아오고

개천 피라미 모래무지는 수초 갈퀴에 걸렸다

붉은 신호등 앞 낙타는 내비에 없는 길을 찾는데

어쩌자고 황사 바람은 또 속을 뒤집는가

제2부

# 주먹을 줍다

풀숲에서 익지 않은 석류 한 주먹을 주웠다
입도 벌어지지 않은,
할 말이 많은 듯 보이는 석류였다

태풍도 지나간 볕 좋은 날
저렇게 무참히 온몸을 버린 것은
기둥이 없어서일 것이다

나뭇가지 끝에 매달려
공포를 폭죽처럼 터뜨려서
보석으로 빛나고 싶었을 것이다
하늘이 새파래지도록 두들겨 패보고
서녁 눈탱이가 벌게지도록 휘둘러봐도
멍드는 건 제 주먹뿐

소망 지탱해 줄 기둥 하나 없어서
바람 끝에 매달린 기도는
별빛에 매달려 애원했을 테고

차버린 사다리를 원망했을 것이다

다리 난간 위로 올라가던 뒷모습 같은 저 주먹
붉어 보지도 펴 보지도 못하고
풀숲에 풀썩 주저앉았다

# 택배

택배를 보내고 돌아오는 길이었다
가을 건너 홀로 선 오동나무 돌아설 때
덤불 속에서 나는 소리가 걸음을 끌어당겼다
찌르륵 찌르륵

땅강아지 세레나데 같기도 하고
가을벌레 옷 벗는 소리 같기도 했다
다가가서 손으로 귀를 만들면
들리는 건 적막 한 묶음뿐
돌아서면 울고 다가서면 그쳤다

오동나무 속울음일까
바스러질 가을의 독백일까
그러고 보니 우체국에서부터 따라온 소리였다

젖은 날은 뒤축 없는 장화처럼 비틀거리고
바람 부는 날은 바람 빠진 고무공처럼 굴러다니던
다시는 보지 말자고 꾹꾹 눌러 보낸 고독 한 덩어리

저울질 한 번 해보지 못했고

이별 연습도 해보지 못했던 나를

수신자 주소는 공란으로 남기고

한 장 편지도 건네지 못하고 돌아오는 길


나를 떠나보내는 소리

나를 떠나지 못하는 소리

찌르륵 찌르륵

# 열대야

열대야는 열대어를 기르기 좋은 어항입니다
열대어가 꿈꾸는 온도는 팽창 중입니다


바람을 가두리한 창에는 개 짖는 소리만 걸려듭니다
공포로 벼른 털끝이 제 울음을 찔러요
찔린 울음이 커서로 공포 망을 조준해요
드라큘라 백작 저택에서 새어 나오는 불빛에 더블 클릭해요
커튼이 찢어지도록 괴성이 펄럭입니다


나는 어항 속에서 덜거덕거리는 선풍기 바람을 베고 누워요
　버리지 못한 습성은 검은 상자에 나를 가두고 고문을 자
행합니다
　맨살 문양까지 다 꿰고 있어서
　자백할 열대 무늬도 없는데 자꾸 절벽 쪽으로 밀어붙입
니다
　엄지손가락 같은 피오르 꼭대기에 걸터앉은 내가
　점점 멀어져 하루살이만 해지는 걸 보고 있어요

수초가 몸부림치는 어도에는 아가미 잃은 비늘이 부풀어요

열대어로 길들여지기엔 감정 게이지 고도가 급발진하고 있어요

이럴 땐 선상 가옥 바닥을 열고 피라냐를 기다려요

피 끓는 시간은 열대어가 사랑하기 좋은 온도입니다

적정 수면 온도가 아닐 땐 표시 창 경고를 조심하세요

혀를 날름거리는 클레오파트라의 뱀 침대 알람이 뜰지 모르니까요


별을 잠재우지 못한 눈부처들이 천변에 나가 지느러미를 펼쳐요

불면에 떨어져 나간 비늘이 둥둥 떠 올라요


어항은 북회귀선을 넘어 북상 중입니다

이마에서 소용돌이가 일고 발버둥이 물고기 몸짓으로 자라기 시작합니다

나는 어디서 온 물고기일까요

# 염소 뿔을 베었다

풀을 벴다
햇살을 잔뜩 뜯어먹은 근육질 풀이었다

플라스틱 끈을 벼려 원심력 날을 세웠다
풀은 꼿꼿하게 서서 신체 일부를 순순히 내주는가 싶더니
풀을 꼬아 뿔을 만드는 게 아닌가
달아오른 오기로 담금질해서 푸른 뿔을 잘랐다
그럴수록 풀은 날카롭게 뿔을 세우고
푸른 힘줄은 씩씩거리며 거칠게 대들었다

한 마리 두 마리 너덧 마리가 대들다가
수십 마리가 떼거리로 덤벼들었다
이것들이 왜 성질이 사나워졌을까

배 속에는 잉태한 풀씨가 가득했다
뇌가 없어 생각도 없는 줄 알았는데
저 모성애는 어디서 왔을까
풀씨 다 날려 보내고 껍데기만 덩그러니 빈 둥지로 남는 날

저 뿔은 어디로 갈까

저러다가 무서리 된바람 누렇게 휘몰아치면
단단히 움켜잡았던 세상 놓아버리고
삼베옷 홑겹 걸치고 사라지리라

# 동판벌

젖은 빨래 걷듯 장마 걷히면
푸른 물결 출렁이는 들녘에 범선 한 척 나타나
뿌리 약한 나를 흔들어 놓는다

쪽빛 바람은 밀고 백로 한 무리는 끌고
출렁출렁 출항을 준비하는 푸른 배
흰 구름 돛을 둥실 달고 어디로 가려는지
한 계절 꼬박 출항을 준비 중이다

범선은 별자리를 찍어 가며 항해도를 그리기도 하고
태양 게이지를 올려 기관실을 가열하다
천둥 번개의 고난도 항해술을 익히기도 하였다
백로는 비상 병기라도 준비하는지 날마다
허리를 굽혔다 폈다 주위를 경계하며 뭔가를 선적하였다

저 배는 철새 마을 소식을 싣고
계절노동을 떠난 철새를 찾아가는 주남호
배를 타면 나날이 들녘을 푸르게 밀어 올리던 그를 만날

것 같고
　꿈 많은 저어새의 바램도 볼 수 있을 것 같다


　흰 광목 바지에 검정 두루마기 차림으로 간도에 가셨다던
　외조부 닮은 개똥지빠귀 약속도 생각난다
　묘비명 없는 신위 앞에 과하주 한 잔 올리겠다던 다짐이
　달개비를 씹은 듯 씁쓸하다


　푸른 곡식이라도 싣고 가야 하나
　새끼를 업었다 안았다 밥벌이를 서두르는 어미새처럼
　올라야 하나 또 그냥 보내야 하나
　살얼음 논바닥에 핏빛 서리던
　쇠기러기 발자국이 눈에 밟힌다

# 곡우

빗소리 발레가 명랑한 아침
비닐지붕에 조조 군무 첫 막이 올랐다
나는 숨죽인 미나리처럼 누워 신열을 안고
군무 리듬을 경청했다

발소리는 단조 보폭으로 뒤뜰을 나르고
이마를 짚고 간 물기 가신 손에서
초록 향기는 아리고 시렸다

두릅 재피 부지깽이나물 여린 잎사귀들
입맛은 초장을 공글리며 목젖에 뛰어오른다
발롱,

옹이 밴 손은 봄 무침을 내게 가까이 당겨놓는다
나는 젖는다
비가 내민 투명한 발소리처럼 눈빛으로 젖는다

우리는 쓰러지고 일어나는 연습을 얼마나 반복했을까

비는 빗소리 안으로 내리고

우리는 우리 밖으로 비상하는 춤을 추었다


창밖 화단에 뿌리를 꼿꼿이 세우고 곡선을 밀어 올리는
수선화

잊었던 몸짓의 선율을 잠에서 깨운 듯

거침없이 솟구치는 동작을 난타하는

커튼콜 같은 비가 내린다

# 밤에 우는 꽃

천변에서 새가 운다
냇물도 숨죽여 흐르는 깊은 밤에
새 두 마리가 운다

새는 보이지 않고 울음만 들린다
금 간 창이 떨어질 듯 쩌렁쩌렁 운다
한 마리가 울면 다른 새가 받아서 울고
다시 한 마리가 되받아서 더 큰 소리로
밤을 찢을 듯 울어댄다

이건 우는 게 아닐 것이다
문 열어 달라고 발로 쾅쾅 차는 협박일 것이다
한 번만 봐달라고 애원하는 절규일 것이다
하루 이틀도 아니고 허구한 날 늦은 귀가에
성난 암컷이 수컷 길들이기일 것이다

다시는 그러지 않겠다는 각서에 떠밀려 문전박대당하고
야심한 아파트 그네에 앉아

마누라 이름 불러 대던 주정뱅이처럼
저 한 쌍도 오늘 밤은 쉽게 끝날 것 같지 않다

창 열고 귀를 빼고 들어봐도
어느 쪽도 기세는 꺾이지 않는다

목을 빳빳이 쳐들고 다니던 때가 있었지
예리한 쌍날 눈빛을 안주인 양 씹어 삼키던
생각만으로 오싹해지는 그런 날 있었지
내일 아침을 생각하면,
크는 아이를 생각하면,
소름 돋는 쪽이 져주었을 것이다

저들도 아이를 걱정하고 옆집을 생각했는지
얼굴은 좀처럼 보여주지 않는데
언제 달려왔는지
열사흘 달이 깊숙이 플래시를 비춘다

# 김의 몰락

불러낸 사람은 없고
떡국 한 그릇 식탁 위에 덩그러니 기다린다
어떤 소개팅이 이런 매너일까


무서리도 모르는 사과는 붉어지기엔 아직 멀었고
귀뚜라미는 신작 음표를 가다듬는 계절
핑계 한 가락 없이 때늦은 허기를 불러낸다 한들
마음의 점 하나 찍을 수 있을까


굴은 우윳빛 얼굴에 아이라인을 긋고
매생이는 흑단 머리칼을 함초롬히 빗어 내렸다
다소곳한 이 자태는 나를 수시로 드나들던 여인의 고유
식단 양식이다


벗어 둔 앞치마엔 물기 서린 손길이 바쁜 듯 스치고
어디서 만난 듯한 플록스 향은 살짝 비켜 앉았다


언제부터일까 떡국은 철모르고 수시로 나타나

나도 내가 헷갈리고

저도 체면을 구기는데


어떤 부름이 이보다 다급했을까

화장은 풀어지고 매무시는 흔들리고

모락모락 김은 몰락하고 있는데

# 유수지

늪 한복판에 군락을 이루고 사는 버드나무들
빽빽하지도 듬성하지도 않은 적당한 간격
저기에 질문이 스며 있다

저들만을 위해 아닐 것이다
바람만 생각한 것도 아닐 것이다
깃드는 날개뿐이었을까

살얼음이 날을 가는 물속에
발 담그고 서 있는 것도 그럴 것이다
마른 땅을 버리고 저벅저벅 늪으로 들어설 때
따라온 생각들도 그랬을 것이다
흙탕물을 정수리까지 퍼 올려 걸러낸 정수는
저들의 갈증 때문만은 아닐 것이다

수면 아래와 수면 위
발가락 사이 파고들며 헤엄치는 어린 것들
떠돌다 겨우 깃든 셋방 빈 쌀통과

자신도 개키지 못하는 노모를 두고
밥벌이 가는 날갯죽지 생각도 했을 것이다

허리가 저리 굵어지도록
밤은 얼마나 짧았을까 싶고
등짝이 파충류 껍질 되도록
궁리는 또 얼마나 깊었을까 싶다

식솔을 위해 네가 이렇게 많은 질문을 했던 적 있었나
신발이 여린 봄을 살짝 헛짚었을 뿐인데 나는 시리다

물거울에 제 무게를 비추어 보는 이른 봄날 오후
허투루 버릴 것 없는 너겁마저 품은 유수지
가지마다 촘촘한 눈빛이 칭얼거릴 때마다
버드나무 어깨가 휘청,
늘어지는 봄을 치켜 업는다

# 플래시

그가 왔다 전동 드라이버와 톱을 들고
어둠을 조이던 나사못을 풀면서 왔다
나도 잊었던 일이다
여러 날 전 부탁한 맨홀 덮개를 고치려고
부챗살 같은 시간을 쪼개서 왔다

가야 하는데 가야 하는데
그는 잠자리에 들면 마음 한구석에 불이 꺼지지 않았다고
했다
그 말이 켜지는 순간 갑자기 내가 캄캄하다
불이 나간 현관 앞에 분전함을 찾듯
내 안을 더듬어 잊어버린 스위치를 찾는다

그러고 보니 내 안에 불이 꺼진 줄도 모르고 살았다
그 때문이었을까 헤드라이트를 비춰도
나는 늘 창고처럼 어둡고 쓸쓸했다

슥슥 널빤지가 잘리고 땅거미가 잘리고

나사가 조여진 자리에 듬성듬성 별빛이 들어와 박힌다

그 위로 달빛 한줄기 환하게 들어온다
바른길로 가라고 따라다니며 비추던
어머니 플래시

# 외딴 약국

우리 동네 식어가는 골목에 약국 하나가 길을 데운다
마지막 지키던 의원도 떠난 자리에 약국 간판이 걸렸다
한때는 불빛이며 에어사인이 제법 거들먹거렸다

골목 청소부 고충 해결사 자청하던 지긋하신 은발
약국을 사랑방으로 내놓았다
채마밭 다녀오던 호미도 들리고
관절 약을 달고 다니는 지팡이도 들리고
등 굽은 노모차도 폐지 담은 채 들러서
목을 축이고 말동무도 하고 손주 자랑도 한다

약을 달라고 하면
약보다 세 끼를 잘 챙겨야 한다 하고
채전 가꾸고 걷는 일이 약보다 좋다고
약장수가 약 파는 일에는 통 관심이 없다

왜 약국을 하느냐 물으면
약봉지를 줄여주는 일이 자신의 일이라 한다

오싹한 기운이 뾰루지처럼 돋고

온종일 적막이 습진처럼 번지던 골목

심장으로 보살핀 골목이 성당 첨탑에 우뚝 빛난다


철조망 울타리를 배회하던 나팔꽃은

스테인드글라스 빛깔로 목청껏 성가를 부르고

풋고추 걸음이 닿는 골목마다

외로움을 걷어낸 손길로 키운 푸성귀가 한 소쿠리다

# 금지된 외출

바닷속으로 뛰어들 듯한 숭어 조각상이 짭조름한 공중에
헤엄친다

베르길리우스는 주변을 살피다가 으쓱한 한 켠에 등어를
내려놓는다

여기가 어디예요?

왁자지껄한 소음 사이로 주눅 든 등어 목소리가 나지막이
묻는다

바다를 한 번이라도 본 어족은 대부분 여기로 끌려오지

운 좋게 심지 굳은 어부를 만나 되돌아간 경우는 가끔 있
단다

등어는 오싹해진 지느러미를 등에 당겨 붙인다

지금부터 내 말 잘 들어야 한다

베르길리우스는 작고 단호한 목소리로 등어에게 말한다

고함을 지르거나 펄쩍거리면 안 돼

절대 너의 등을 보여선 목숨을 장담할 수 없다

호기심은 너의 높은 등에 감추고 궁금증은 바람 무게보다
가볍게 물어라

자 이제 안대를 벗어라

어안이 벙벙해진 등어는 베르길리우스를 따라 어시장에 들어선다


이건 숭어 아저씨네요 왜 고래 장군 몸피로 만들어 세워둔 거예요

숭어가 뛰면 망둥어도 따라 뛴다는 인간의 어리석은 믿음 때문이지

그래서 여기 따라온 어족이 있답니까

우리 어족이 얼마나 자존감이 높은데 남을 따라 하겠어요


수족관이 찰박거리며 일제히 등어 일행을 바라본다

저것 보세요 바다를 잘라서 유리 상자에 가두었어요

등어는 등을 움츠리고 베르길리우스에 바짝 붙는다

산소 호흡기에 목숨을 의탁한 줄돔 우럭 도다리가 등어를 보고 달려온다

도망쳐 어서!

핏기 서린 눈으로 낮고 날카로운 목소리로 우럭이 소리친

다 흠칫 놀란 등어는 베르길리우스 옷깃으로 눈을 가린다

　여기 가두어놓고 무슨 일을 시켜요?

　산란을 시키려고 데려간다는 말은 들었어요

　인간은 니들처럼 간단치가 않지

　저들은 곧 칼의 세례를 받을 것이네

　인간이 너무 무서워요

　등어는 아가미를 꾹 누른 채 물소리 끊어진 골목으로 접어든다


　좌판에 가지런히 줄지어 쓰러진 갈치의 은빛이 등어 눈을 찌른다 등어 지느러미가 꺾일 듯 휘청, 하마터면 괴성을 지를 뻔했다

　갈치 형님이 어쩌다 여기까지!

　우리를 지켜주던 어깨였는데

　어떤 칼도 두려워 않던 칼잡이 형님이었지

　갈치보다 번쩍이는 칼을 잡고 노려보는 인간의 눈과 등어 눈이 마주친다

　쓸개 오그라드는 소리가 들리는 것 같다

등어는 뒷걸음을 치며 묻는다

스승님 제 어머니는 어디 있어요?

나를 꼭 잡아야 한다

저긴 너의 종족만 보면 망나니로 변신하는 흉악한 족속이
거든

다시 말하지만 등을 절대 보여선 안 돼

베르길리우스는 검은 비닐봉지로 등어를 감싸고 얼굴만
내놓는다 그리고 옷깃을 여미고 냉동실에서 운구된 시신들
앞으로 다가간다 매대에 나란히 누운 시신 눈 하나에 번쩍
등어 눈이 꽂힌다


어머니!

터질 듯 튀어나오려는 탄식을 등어는 꽉 틀어막는다

저기 어머니가 있어요

눈도 감지 못하고 나를 보고 있어요

인간 하나가 뭐라 주문하자 내장을 발라내고 토막토막 잘
라 소금을 뿌린다 잘린 머리가 바닥에 툭 떨어진다 벌어진

아가미에서 어미의 환청이 들린다

듣어야 너는 에미처럼 등 푸르게만 살지 마라
그렇게 산 게 여기구나

* 단테의 신곡 지옥편을 차용함.

# 억새꽃

아버지와 어머니는 쌍분으로 우리 논을 지키고 계신다
그곳에도 배가 고프신지
밥그릇으로 앉아 계신다

평생 모내기만 하고
보리쌀과 바꾸어 먹었다는 빈 밥그릇 한 벌
누런 들녘을 보면서
흰 쌀밥 한 그릇 생각 중이신지
미동 없이 다락논처럼 앉아 계신다

무덤가 억새꽃
내가 못 해 드린 쌀밥 한 솥
눈이 시리도록 하얗게 밥을 안친다

# 난감한 화병

후미진 골목 양변기에 황국 한 다발
바지를 내리다 말고 앉아 있네

지난 저녁 어떤 불편한 식사가 있었기에
저토록 민망한 자세일까
아무도 지나간 적 없을 것 같은 이른 아침
엉거주춤 앉아 있는 황망함을 거두려고
가던 걸음을 되돌리네

양변기는 어떤 속 터지는 사연을 가진 것일까
금방이라도 터질 듯한 실금을 감싸안고
산산조각 날 운명보다 무엇이 더 다급했을까

부글거리는 배를 안고 달려왔을 엉덩이를
양변기는 자신의 처지도 잊은 채
와락 당겨 앉혔을 텐데

황국은 고고한 체면의 충고도 불구하고

버티던 압박감을 폭탄으로 분출시켰으리라
양변기는 밑으로 쏟아내지 못해
솟구쳐 올렸을 고통 한 무더기
탐스럽게 익은 향기는 골목골목 넘쳐흐른다

아침 햇살이 볼세라 머쓱해진 눈길 감추고
왕파리처럼 쪼그려 앉아 측간 시절을 맡고 있네

# 하이에나

태블릿으로 무장한 어깨들이 원탁에 둘러앉았다
밤새워 애를 끓인 풀로 만든 문장은 날카롭고
은밀한 연줄로 짠 행간은 탄탄하다

숨소리는 냉동되고
보이지 않는 줄은 팽팽하다
쉼표가 찍히면 기러기가 되고
여백이 보이면 직급이 날아간다
밥과 줄이 한 호흡이 되면 밥도 되고 줄도 되지만
밟히지 않아야 밥줄이 되는 야생의 초원

이빨과 발톱이 세운 긴장이 세렝게티 원탁을 돌고 있다
검은 구름이 몰려오고 번개 빛에 놀란 천둥이 자지러지는
소리를 낸다
누가 첫 번째 하이에나가 될까

눈빛으로 쏜 화살 하나가 날아가 뒷다리에 꽂힌다
문장에서 피가 흐른다

행간도 채 읽지 못한 이빨들이 달려들어 물어뜯기 시작
한다
　알코올 도수가 동지인 눈빛들은 스크럼을 짜고
　거미줄을 공유한 아이피는 헹가래를 날린다


　피 흘리는 하이에나는 스크린 초원에서 멀어지고
　그 위로 빈 의자 하나 빙글빙글 돌아간다

# 크레바스

호출음이 수년째 안부를 두드린다
설산을 휘감는 발신음은 직강하는 클라임 로프에 매달려
급속 냉동된다
멀어진 시간보다 높이 쌓이는 폭설
수신음은 기약 없는 조난 중이다

다음이라는 쪽지 하나 문설주에 끼워 넣고 간 사람이었다
녹슨 양철 대문으로 소문이 넘나들었다
어떤 소식은 순록의 뿔로 들이받고 어떤 날엔
눈보라 발길질이 쾅쾅거렸다

오르지 않아도 추락하는 세상에서
얼마나 높은 곳을 오르기에 계곡은 이토록 깊을까

마주 보는 하얀 벽 너머 눈보라 속으로
호출음은 광랜 속력으로 달려간다
상자 속 적막을 팽창시키는 형광빛 불안은 바닥을 끓이고
포효하는 구조 소리는 냉동된 균열을 해동시킨다

삐끗, 길 한 가닥 낙하한다
최후의 숨소리 같은 호흡 한 가닥 로프에 매달려 다가온다

휴우우,
너였구나
나 이래 산다

제3부

# 고욤나무

입동 지난 고욤나무에 고욤이 휘청,
우르르 굴뚝새들

저렇게 매달고도 날아가는 게 있다
이렇게 매달려도 버릴 수 없는 게 있다

저 조그만 것들은 누구의 슬하이기에
엄동을 껴안은 채 흔들리고 있을까

저는 나를 보고
나도 저를 까맣도록 들여다보는
무릎이 시큰거리는 아버지의 저녁이다

# 천변 노숙

바람이 분다
빙판 천변에 홑이불 같은 바람이 분다
손톱만 한 창틈 어둠으로 나는 드나든다

말채찍에 달아나는 소리가 내 혈관을 내리친다
내 몸을 드나들던 창밖 빨래는 혹한 형벌이 두려운지
동태 몸짓으로 없는 손을 비비고
용서를 모르는 천변 바람은 벗어둔 내 등짝을 다그친다

자신을 후려치는 나무의 반성은 제 키보다 높고
전선은 누구에게 긴 통화로 울고 있다
바람결을 빌린 교각은 헝클어진 하루를 빗어 내리고
자신을 밟고 간 삶들의 무게를 기록하는
천변 겨울밤은 경전이다

이토록 성스런 반성문을 쓰게 하는 밤은
어차피 나도 노숙뿐이어서
얼음장 아래 물소리 끌어 덮고
엄동 숨소리와 동침하는 밤이다

# 동지꽃

살구나무 가지에 호밋자루보다 짧은 해가
까치인 양 앉아 있다

신작 하우스에서 따라온 흙덩이는 장화 발아래 징징거리고
농막 간이주방엔 묵은지전이 지직지직 익는다
오릿길 다녀온 오토바이가 막걸리 든 비닐봉지를 내려놓고
쇠기러기 떼 날아간 공중에 근심 한 모금 피워 올린다

하늘이 망하지 않는다면
날아간 새들은 빈 들녘이라도 돌아올 것이고
양지 녘 상고대 녹듯 한시름 놓을 날이 올 수 있다면
매운 속이 연기에 사라질 텐데

대출통장은 눈을 부라리고
하우스 자재 농약값은 간 즙마저 짜낸다
속없는 고목에 목을 맨 스피커는 고막 터진 폐옥 처마를
들쑤시고
수입 농산물 대방출 뉴스는 부풀었던 가슴에 말뚝을 박
는다

흙이 밥이 되도록 허리로 땅을 쪼는
밥이 흙인 사람들
마침표 찍어 보낸 문자 받아 들고
주남호 재두루미 걸음으로 모여든다

시름으로 빚은 막주*는 순배를 알아서 만만한 세상 쪽으
로 돌고
검은 비닐 쪼가리로 굴러다니는 생각은 흙발 아래 뭉개버
리고
조였던 가슴을 김치전에 풀어 헤친다

아파도 아플 수 없고 얼어도 얼 수 없어서
둘러앉으면 울타리가 되고 마주하면 꽃이 피는 얼굴들
앉은 자리마다 붉고 붉어서
갈대 맨살 비비는 언덕에 된바람 녹인다


* 일을 마치고 마시는 술.

# 여름 한파

세 식구 밥줄을 매단 외딴 온실
여름 한파의 주검이 참혹하다
한 계절 보란 듯이 피워보겠다고 밀어 올린 꽃대를
태풍이 흙무덤을 만들었다

황토물이 화사 혀를 날름거리며
간밤 쓸고 간 물바다를 생각한 듯
삼키려다 말고 꿈틀,
뒤척이던 몸을 끌고 내려간다

흙손은 땀방울이 모래알보다 많이 담겼을 화분을
탁탁, 쓰레기 상자에 뒤집는다
한나절 흙더미를 치우다 꺼내다 퍼질러 앉아
매미 소리에 땀을 닦는다

엄마는 괜찮아
고비 넘기면 볕 드는 방 구해보자
속절없이 문드러진 바위솔 똥을 핀셋으로 걷어내며

서울 간 아이 전화를 받는다


우편배달부가 한증막을 열고 독촉장을 넣고 가는 마당
푸른 꼬리를 흔들며 경중경중 건너가는 바랭이 등짝 위로
평상만 한 구름이 그늘 한 채 내린다


비닐지붕에 매달린 환풍기는
온실을 떠메고 날아갈 듯 비행 엔진 소리를 내며
엎어버릴 수도 퍼 담을 수도 없는
뒤집힌 속을 토해낸다

# 자벌레

새도 날지 않는 삼복 들녘을 뭉게구름이 끌고 간다
구름 그늘을 쓰고 깻잎 따는 사내
밀짚모자 아래 희끗희끗한 숲에서 발원된 계곡엔
생의 간수가 찰랑거린다

배춧잎도 아닌 깻잎을
반나절에 한 고랑을 따면 라면을 먹고
고랑 반은 따야 막걸리에 고기도 한 점 하는데
요놈의 날씨가 깨고랑에 깨꼴랑하게 생겼네

깻잎 벌레 구멍을 하늘에 비추면
할리 데이비슨은 천둥소리를 내며 달린다
그의 꿈은 지구 속도를 따라잡는 프로 라이더였다
빨간 하이바를 쓰고 가죽 장화만 졸라맸다 하면
자산목록 1호 오토바이는 어디라도 그를 황제로 모셨다
그 포즈에 홀딱 정신을 내준 미니스커트는
풍선껌을 딱딱 씹으며 뒷자리에 폴짝 올라탔을 것이다

트럭을 몰고 달리는 그의 속력은 언제나 프로 라이더 자
세다
팡팡거리며 추월하는 마니아 무리만 봤다 하면
그의 질주 본능은 따라잡지 않고는 멈추지 않는다


해거름 녘은 공판장을 향해 달려가고
가마득한 고랑 끝 깻잎은 어서 오라고 손짓을 해댄다


아무리 지구 속도를 밟아도
바퀴는 구름 꽁무니에 앵앵거릴 뿐
제 키를 넘지 못하는 깻잎의 질주는
죽어라 달려도 제자리다

# 배신과 배려 사이

철새들이 드나드는 바람길을 따라가면 가끔 인적이 마주
치는

절집 같은 하우스가 발견된다 어둠이 덮이면 비가림막에
찾아드는 고양이가 있었다 탁발도 힘든 곳에 어떻게 스며들
었는지 남루한 행색은 겨울 풀 만큼 마른 벌판 지기의 자비
를 끌어냈다 들쥐를 내쫓고 두더지를 잡는 들녘의 파수꾼으
로 우리와 함께 살았다

바람이 쌩쌩 드나들던 팔레트 아래 고양이는 홀로 몸을
풀었다 측은심은 냉장고를 뒤지고 묵은 통조림과 생선 뼈를
통실통실 먹였다 얼마 후

에미는 어린 것을 버리고 종적을 감췄다 몹쓸 에미를 대
신한 지극정성은 먹이와 아랫목을 날라 삼동을 녹였다

이빨이며 발톱이 제법 제 행색을 할 무렵

에미는 새끼를 데리고 그림자 하나 남기지 않고 사라졌다
섭섭한 마음은 저물녘마다 뒤란을 살피고 귀는 가림막에 걸
어두었다 서릿발이 녹고 철새가 귀향을 서둘러도 끝내 고양

이는 기척조차 내비치지 않았다

　　공을 모르는 아둔함이었는지
　　더는 신세 질 수 없는 양심이었는지

　　들녘은 얼었다가 풀리기를 반복했으나
　　동안거 면벽승처럼 나는
　　매듭진 그 지점에서 풀려나지 못했다

# 동업

주총회장을 뒤집던 먹구름이 물러나자 창공이 떴다

그 투명 스크린에 손익계산서 몇 줄 적으려는데 지상 정원에 손님이 왔다

단감나무를 찾는 귀한 가을 나무 손님이었다


고향 땅에 단감을 심어 달달한 노후를 보내고 싶다고 하였다

청바지를 입은 청년 같은 노인이었다

쇠 깎는 일로 한 평생을 보냈다는 그는 한숨을 내쉬며

세상 참 믿을 데가 없데요

어린 단감나무가 듣는 줄도 모르고 여태껏 먹여준 쇳밥을 탄식하였다

그러면서 십수 년간 동업한 초심에게 덤터기를 씌우는 것이었다


시작할 때는 사람이 최고라 카데요

이윤 남기는 장사 말고 사람 남기는 장사를 하자 카면서

어떤 거상이라는 사람 말을 들먹거립디다

그래서 믿었죠

나무는 거짓말을 안 해요
단감나무는 약속대로 단감만 열지요
땅을 파던 삽날이 황토를 불끈 퍼다가
저만 아는 문장을 공중에 한 줄 흩뿌렸다

어미 떠난 새끼 염소를 보듬어 안 듯
감나무 분을 안아 옮기던 그는
단감을 달게 키우는 기술을 물었다

비밀인데요 그 기술은 하늘과 동업이랍니다
하늘 허락 없이는 절대 못 해요
이게 더없이 좋은 건 동업자가 제 몫을 챙기지 않는 거랍니다
오늘같이 하늘 좋은 날 투명한 자백서 한 줄 써내면 끝이지요
이렇게 귀띔하려는데

천기누설 죄라도 다스릴 듯
감잎이 붉으락푸르락하다가
경고장 같은 붉은 잎 한 장이 불쑥
내 발등을 내려찍었다

# 노근

백발 부부가 갯가에 서서 손을 흔들고 있습니다
갈대가 바람에 씨앗을 날리듯
허연 머리칼을 날리고 있습니다

설을 보내고 가는 자식의 차가 언덕을
버리고 간 지 한참입니다
어서 가라고 흔드는 손짓이
차의 엔진소리를 잡는 것 같습니다

바람은 못다 불러낸
갈대의 마른 눈물마저 비워가고
갈대는 그리움의 무게로
꼼짝없이 제 자리를 지키고 있습니다

개울물에 잠긴 노근이 손을 꼭 잡고
기러기 떼 날아간 허공에 훠이훠이
깃털의 온기로 날리고 있습니다

# 비요일

비가 온다
내가 막걸리를 마시면 비가 온다
비는 나보다 막걸리를 좋아하는 것 같다

파전도 없이 비가 온다
비는 늘 빈손이다
부담 없이 그래서 좋다
하지만 눈치까지 없는 건 아니다
채전에 파를 썰고 가시는 일은 제 몫이다

비가 온다
의리 없이 혼자 오는 건 아니다
벌치기 목수 앞세우고 온다
비요일은 벌도 장도리도 공치는 날이란 걸 비는 아는가
보다

비가 온다
빗소리 장단에 맞춰 온다

옷고름 살랑대며 모시 적삼 차려입은 접시꽃이랑 온다

비는 비답게 사는 게 어떤 것인지 아는 모양이다

# 그 겨울의 꽃집

겨울엔 꽃집에도 꽃이 없어요
꽃의 뿌리를 준비하는
땀방울이 피워 낸 꽃이 있을 뿐이랍니다

연탄집게보다 딱딱한 손으로
뜨겁게 엉겨 붙은 연탄을 떼어 놓는 일은
치맛자락 매달리던 아이 같아서
새파란 손은 언 땅에 나뒹구는 연탄재를 내려다봅니다
막 교대로 근무하는 이십이 공탄은
검은 머리로 들어가 흰머리가 되어서야
찬바람 흩날리는 얼음장 아랫목에 몸을 누이지요

매화나무는 맨발을 얼음 밭에 묻고
정수를 자신의 정수리에 퍼 올리는데요
사람들은 봄이 오면 그냥 꽃이 피는 줄 알지요
누가 알아주지 않는다 해도 슬프지 않아요

인적 끊어진 겨울 온실은 누구도 궁금할 필요가 없어서

눈발에 실어 보낸 안부 한 줄 없지만
철모르고 핀 꽃은 쓸쓸함을 견디는 법을 배운답니다

애야, 겨울은 봄의 뿌리란다
그러니까 봄의 밑천은 겨울이지
공채에 떨어지는 연습 중이라며 눈물 감추던 아이 등을
어루만지듯
꽃나무의 등줄기를 매만지는 여인의 가슴에도
숨겨진 옹이가 까맣게 박혀 있답니다

겨울 꽃집에는 사람이 꽃이어서
끝내 피우지 못한 꽃대공을 걷어내는 여인의 손마디는
봄보다 먼저 붉게 물이 듭니다

# 난해한 분노

연밭이 내려다보이는 개울가 언덕에 폭염은 죽어봐라 쏟
아붓는데
귀하신 공적비 한 채는 어쩌자고 가시덤불을 베고 누웠나
지나가는 사람들 들으라고 뭐라 뭐라 구시렁거리는데
아무도 귀담아듣는 이 없다

문화재 보호하자는 당국자 경고문은 형벌 조항까지 들먹
이며
당장 일으켜 세우라며 윽박지른다
둔기에 멍든 자국과 찢겨나간 살점은 어떤 분노였기에
짓밟힌 석비의 등골이 저리도 잔혹할까

한때는
여름날 느티나무 그늘이었을 것 같기도 하고
폭우 막아낸 제방이었을 것 같기도 한데
여러 이름들이 등짝에 보증 선 걸 보면
정월 대보름 타오르는 달집 앞에
마을을 뭉친 사람이었을 것이다

공적비 우승컵처럼 들어 올려지던 날
박수 소리는 마을 양지 배기 솟대를 날렸을 테고
꽹과리 장구 상모 신바람에
들녘도 어깨춤이 덩실거렸을 것이다


어떤 꼬인 심사가 손톱 밑 가시 같으랴마는
짓밟힌 공적비나 한삼 엉킨 가시덤불 속이나 가리지 않고
연향은 넘쳐흐르고
깨진 기단석 이끼는 염화미소로 번지는데
정오의 태양은 조종을 울린다

# 제비꽃 수제비

봄 가뭄이 심하면 파란 하늘에
아버지 등이 순백으로 굽어지는 걸 본다

말라 가는 개울을 꽉 짜서 설어둔 무논에 백로가 날아들
었다
백로는 나보다 젊은 아버지를 등에서 내려놓는다
출렁, 하늘이 넘칠 듯 흔들린다

아버지는 뒷짐을 지고 무논으로 들어가신다
바짓가랑이도 걷지 않고
성큼성큼 하늘 가운데로 들어가신다
수면경에 비친 자신을 가만히 들여다보다가
물속 하늘을 깨뜨릴 듯 주둥이를 푹, 찔러 넣는다
건져 올린 하늘 조각에서 후드득, 아버지가 산산조각 떨
어진다

어린모는 배가 고픈지 키는 안 크고
보릿대는 새파랗고

등짐 지는 병이 도지셨는지
아직 지고 올 짐도 없는데

제비꽃 뚝뚝 무논에 내던지던
주린 아이 눈이 밟히시는지
그날에게 물구나무서기 벌을 받으시는지
굽은 등에 걸친 두루마기 빛이 눈을 찌른다

# 달 김치

보름달 불러내 김치 담가요
김치 없는 나라 달빛에 눈 맞추며
엄마 손맛 닮은 김치 담그지요

인터넷 뒤지고 카페도 노크해 보는데요
엄마 손맛 가르쳐주는 데는 없어요
아무리 뒤져도 엄마 살림만 한 다라이는 없지요
스텐 대야 플라스틱 함지 테라스에 죄다 꺼냈어요

소금보다 짠 속을 풀어헤치면
얼룩진 달빛이 그릇마다 물끄러미 들여다봅니다
짠물과 찬물은 바다를 만난 듯 부둥켜안고
숨죽은 배추 뺨을 타고 흘러요

앞만 보고 내달리던 기차는 가던 길을 죽이고
침 흘리는 소리가 치거덕 치거덕 필라 뒤뜰을 지나갑니다
집 떠날 때 꼭 잡아주던 손 바라보며 울던
구봉산 멧비둘기는 잘 있는지요

갈잎 구르는 창가 치댐 판에 둘러앉아
버무린 속잎 한쪽 쭉 찢어 입안에 쏙 넣어주던 엄마 손맛
허기진 기차는 그 맛을 알까요

달빛 뚫고 나온 귀뚜라미 소리 갈아 넣고
그리움 한 줌 채 썰어 달맞이 향 곁들려 보지만
엄마 손맛은 도무지 불려 나오지 않아요

배춧잎 한 장 넘기고 달 눈 한 번 맞추고
한 바닥 바르고 달빛 레시피 들여다보면
넘기는 잎사귀 갈피마다 눈빛이 붉게 웃어요

# 야간 비행

야근을 향해 달리는 쾌속 불빛
밥줄을 끌고 차는 달린다
한 무리 비행이 육탄으로 달려든다
불빛에 해체되는 개별성 반사체들
하루살이 집단비행은 파쇼 같다

제발 희망의 불빛만은 끄지 말라고
달려드는 붉은 함성처럼
안전벨트 헬멧도 없이
자살특공전술로 맹공을 퍼붓는다
퍽, 퍽,
옥상에서 내려꽂히는 소리 같은 거
피할 수 없는 직사 광속이다

함성이 뱉어낸 자막이 끈적끈적
광화문 광장 환영이 차창에 달라붙는다
소리의 세계는 적막 쪽으로 가고
빛의 세계는 하강 곡선으로 내려앉는다

야근은 배달되지 않은 택배처럼 길을 잃고
그다음 세계는 어디로 가야 하나
별똥별이 한꺼번에 우르르 떨어지듯이
은하수 건너가는 하루살이들

# 우두커니 나무

겨울이 눈보라 치듯 퍼붓는 날이면
흙담장 처마 밑 참새들은 제 발자국에 아른거리는 알곡을
생각하고
나는 고픈 생각이 찍어낸
하얀 발자국을 그리워한다

곡간 철태 두른 단지 위 함지에는
공장 간 누이를 기다리는 동지 팥죽이 고요하고
살얼음이 팥죽 새알에 가두리를 치면
까치발로 서서 손을 뻗어보는 아이는
언제 단지보다 훌쩍 클까 생각했다

흙벽에 매달린 시래기는
싸그락 싸그락 얇은 햇볕을 모으고
시퍼런 손 밀어 넣은 아랫목에서
허기가 후끈 달아올랐다

문풍지 틈으로 새어 나오는

무밥 끓는 냄새를 온 가족 나누어 먹으며

오일장 다녀오는 아버지 발자국 소리를 선물로 기다리던

저녁


연당 추녀에 참새 소리 밟고 펑펑펑 달려오던 눈발

숟가락 숨죽이고 문을 열면

인장처럼 꾹꾹 눌러 찍으며 따라온 발자국 세워놓고

댓돌 위 옹기종기 머리 맞댄 신발 바라보며

우두커니 서 있던

하얀 나무 한 그루

제4부

# 금목서 향기는 그늘을 가리지 않고 빛난다

그대 떠난 산자락에 금목서꽃이 피었다
떠나는 계절 저 홀로 피어 어쩌자고
향기는 돌아서려는 발길을 묶는가

절정을 위해 피는 게 아니라
거두어 갈 때 비로소 피는
금목서 향기 같은 사람

별은 밝은 자리 가려 빛나지 않고
금목서 향기는 그늘을 가리지 않고 빛난다

푸르름을 지우지 않는 날갯죽지에
어떤 그리움이기에 다 떠난 자리마다
서럽도록 향기를 심을까
어느 생애가 금빛이었다 하여
노을 진 곳곳에 노란 향기를 따를까
다투어 피던 것들이 다 떠나고 다툴 것 없으니
빈 가슴은 향기로 가득 채우는가

있는 듯 없는 듯한 꽃잎에도 실망조차 사치여서

그대는 떠나는 뒷모습도 사랑하였으리라

투명만 남기고 간 생애 경배하는 마음은

마르지 않는 말을 꽂아둔 책갈피 앞에 촛불 켜두리라


속울음을 삼키던 꽃이 향기로 피어나는 해 질 녘

그대의 눈빛 얼마나 깊었기에

풀벌레들은 저리도 애를 태울까

마른 바람이 다 쓸고 가버린 억새 우는 산자락에 서서

펼쳐볼 수 없는 영상을 넘기며

노을은 그대 향기로 젖는다

# 나비 성城

부푼 땅을 박차고 솟구친 배추꽃밭
노란 향기가 떴다방을 불러 모은다
루이뷔통 백팩을 멘 배추흰나비가 당당한 포즈로
34층 현관에 내려앉는다
익숙한 포즈는 멀티칩 빨판으로 깊숙이 비번을 찔러 넣
는다

재개발 공터 포차에 둘러서서
컵밥을 어둠에 말아 먹는 등 굽은 그림자들
매운 국물 위로 쏟아붓는 나비 성 불빛은 화려한 나트륨
이다
데칼코마니가 실루엣 창에서
달콤하게 폈다 황홀하게 접힌다

소주잔은 하현으로 기울고
빈 잔은 한숨으로 차오른다
돌려막기로 등이 휜 카드는 길을 잃은 지 오래
아무리 접었다 펴도 날개가 될 수는 없어

주름을 접어 바닥을 끌고 다녔다


어떻게 더 부서져야 날개를 가질 수 있을까
얼마나 더 가벼워져야 우화할 수 있을까


한 줄기 바람이 양지를 접수하는 아침
떼어낼 수 없는 유충 시치미를 매달고
더 높은 곳을 향해 나비의 유희는 날아오른다

# 순대

간 한 조각 떼어놓고 퇴근한다
내일은 무엇으로 하루를 살아낼까

김 과장은 부장에게 내 기획안을 안주로 바쳤다
나는 말라비틀어진 순대 내장을 소금에 찍으며
다시 채워내야 할 백지에 골몰한다

아이 학원비와 월세 독촉쯤은 허리춤에 묶었다
하지만 플라스틱 칼날이 목을 조여 올 때면
전부 가지라고 터널에 나를 던지기도 했다

회의실이 열리고 각자 형식의 요리법이 시연된다
눈 아닌 눈은 속 빛을 살피고
도마 위 내장이 되지 않으려고
심장은 창백을 덮은 채 팔딱거린다

정문을 통과한 우리는 조립된 순대 식재료들
속을 채울 야채이거나 당면일 뿐

언젠가 속을 다 내주고 가야 하는 부품들이다

바동댈수록 깊은 순대 수렁으로 빨려든다
뜨거운 두부 속으로 파고드는 미꾸라지처럼

# 길

골목 식당 단골 시간에 밥이 켜졌다
파리 한 마리가 내 손도 닿지 않은 밥상에 날아들었다

오른손은 입을 향해 숯을 날리고
왼손은 밥상의 골문을 지킨다
저돌적으로 공격해 오면 문지기는 허술해서
휘이 휘이 손을 내저을 뿐 딱히 방어할 기술은 없다

녀석은 허점을 파악이라도 한 듯
잠시 배회하다가 제 집으로 돌아오는 황조롱이처럼
유유히 다시 내려앉는다

순간 나는 녀석의 밥상에 앉은 불청객이 된 것 같아서
끓는 찌개 국물을 끼얹은 듯 후끈거렸다
한 번만 눈 감아 달라고 손 모아 빌고 있는 저 모습
살아온 내 꼴 같아서
들었던 손을 슬그머니 내려 놓는다

어쩌면 저 녀석은 여기 길들여진 가축인지 몰라

내가 저 녀석과 다른 건 무엇일까

나라고 말할 수 있는 건 어떤 것일까

언제 저 습성을 익힌지도 모른 채

염치 모르는 목구멍에 길들여져

고삐 끌려다니는

# 복서

말은 격투기다
규칙도 심판도 없는 말은 무제한급 격투기다

혼자 걷는 밤길 막다른 골목에서
느닷없이 주먹을 만나 무차별 당하는 사람처럼
막무가내식 일방적 경기가 있다

마음 깊숙이 감추었던 무언가를
쿵, 하고 내려찍는
심장을 뭉개버릴 것 같은 말이 있다

드릴 말씀 있는데요

내가 무슨 큰 잘못이라도?
정중하지도 그렇다고 가볍지도 않은
둔탁하고 음산한 공포를 사각 링으로 둘러치고
먹구름 뒤에 숨은 천둥처럼 한 방 날아들 것 같은

다 알고 있으니 내 말 듣지 않으면 어쩌겠다는 듯
방어 자세도 마우스피스도 갖출 틈 없이
주먹질에 고스란히 맞고 있어야 할 것 같은
긴장을 내려치는 망치 같은 말

오늘 그만두려고요

# 겉절이

비렁길로 엮어 만든 섬에는
아름드리 팽나무 아래 세든 하얀 집이 여행객의 마음을
밝힌다
그 집엔 기름밥에 떠밀려 물 건너온 부부가
절인 배춧잎처럼 납작 엎드리고 산다

바다가 낙조를 몰고 돌아오면
아낙의 도마소리는 길손의 허기를 불러들이고
먹장어 수염을 닮은 사내는
거친 호흡을 물 칸에 풀어 놓는다

우린 마을이 큰 어른이지요
그들의 민박 방과 낚싯배는 파도 소리가 단골인데
쓴웃음을 지켜보는 옹이 빠진 평상은 다크서클이 움푹하다

총총걸음은 이웃 민박으로 낚싯배로 손맛을 데려다주고
마을 부름에 젖은 손이 나간 도마엔
썰다 만 설움이 한 접시다

체화된 갯내음 물고 돌아가는 갈매기처럼

마을은 관습인 듯

비렁길 걷는 기분으로 사는 그들을

겉절이라 불렀다

# 야 백 수

밤에 흰 것은 물이다
작전명령보다 우선하는 자기방어 수칙 제1호
철모 속 깊숙이 새겨 다녔다

철새 날아가는 길은 아니고
산짐승 가는 길도 아닌
어둠이 떠오르면 일렬종대로 이동하는 길이 있었다

야광 표식이 먹 개구리 자세로 풀쩍 뛰어 건넜다
청개구리 포즈로 나도 뛰었다
착지점은 깊고 아팠다
신음은 감추고 숨소리는 꺼야 했다

어떤 새끼야
낮고 짧게 총성 같은 추궁이 지나갔다
억새 수풀이 아무 일도 없는 듯 줄을 이었다

등에 진 젖은 교통호는 안방 같았다

장총 맨 아랫도리들은 한 줄로 나는 기러기 떼였다
이대로 깨지 않는 밤이 되기를
얼차려 결기로 염원했다


옥수수 잎 서걱이는 저수지가 나를 훑어보며 지나갔다
모깃불에 구워 먹던 옥수수 생각이 허기를 찔렀다
옥수수 한 자루면 어떤 저수지도 가로질러 건널 수 있을
것 같았다


별사탕이 건빵을 빠져나올 무렵
하늘도 별을 하나씩 놓아주었다
되짚어 돌아 나오는 산기슭 먼발치에
간밤에 물이 가득했던 저수지는 꿈을 깬 듯 사라지고
비닐하우스만 열병하듯 서 있었다

# 터널의 경고

불이 나가듯 내 시야가 나가버렸다
예고 없는 정전은 책임질 거라는 한전의 약속처럼
봄볕 흩날리던 날 터널을 지나며
내가 나를 너무 믿은 게 탈이었다

어둠을 미리 배워두어야 했을까
어둠을 배우지 않아도 꿈은 현장보다 더 생생하여서
만져지지 않는 어둠은 없었다

봄꽃이 뒤죽박죽 피어도
여름이 서열을 정했으므로
매미 울음과 귀뚜라미 눈물을 헤아릴 필요는 없었다

나이테를 세어보고
그림자를 뒤돌아봐도
나를 사랑한 흔적은 바람에 새긴 것일까
저녁이면 우르르 벚나무로 날아들던 새들은
나무뿌리보다 깊이

나무를 사랑했기 때문이었을까

야간 벚꽃장 소주잔에 담긴 불빛을 비우듯
터널을 빠져나오면
방향을 잃어버린 어둠은
가로등 없는 길을 끌고 간다

# 동물성 가스관

온기 그리운 산동네는 끊어진 쇠붙이도 손이 됩니다

한길에 마중 나온 가스관은 잘린 코끼리 손을 내밀고
흰 지팡이를 덥석 잡네요
길게 내민 손을 잡고 더듬더듬 따라가요
새로 붙인 스티커는 까칠하고요
야쿠르트 아줌마 마음은 달달하게 매달렸지요
그리움은 녹이 번지는 우편함을 더듬어봅니다
퇴거 독촉장만 날카롭게 손에 닿습니다

앉으나 서나 똑같은 세상에서
그에게 기다림이란
까치 소리로 왔다가 까마귀 울음으로 돌아갑니다

오후 4시 그림자가 상아 같은 빗장을 열고 들어가면
외기러기 빨래는 방향 없이 공중에 날아가고
주름이 뭉친 걸레로 바닥을 쓱쓱 밀어내고 앉으면
발바닥에 쩍쩍 달라붙는 환영이 얼룩져 눈가에 번집니다

오늘 밤도 우두커니 앉아 있을 단칸방은

코끼리가 소화시키지 못할 동물성들만

아물 날 없는 상처를 할퀴며 냉골을 데우겠지요

# 찻잔

비어 있었으므로
당신은 빈 것으로만 생각했던 것 같다
속은 비어 있었으나 늘 더부룩했다
당신은 소화되지 않는 말을 꾹꾹 채워 넣고
누름돌보다 무거운 낯빛으로 눌렀다

식은 몸이었으므로
당신은 차가운 것으로만 생각했던 것 같다
속이 끓는 줄도 모르고
당신은 뜨거운 말을 철철 넘칠 때까지 쏟아부었다

귀는 하나뿐이었으므로
당신은 절반만 듣는 것으로 생각했던 것 같다
흘려듣지 않으려고 애쓰는 몸짓은 헤아리지도 못하고
한 손으로 들어 올릴 말도 너무 많은데
당신은 썼던 말을 닦지도 않고 또 썼다

기울어져야 가까워졌으므로

당신 쪽으로 기울어졌을 때

창밖은 보랏빛

눈빛은 향기

당신은 찻잔 속에서 찰랑거렸다

# 바나나

바나나를 먹을 때 우리는
그날 문법에 맞춰 쓰기로 했다
보이지 않는 것을 보이는 것으로

갈래머리 갈라진 시간을 더듬으면
보이지 않는 영상은 허공에서 교신된다
기억을 벗기듯 탄탄한 껍질을 벗기면
연한 살갗에서 풋내가 피어올랐다
그건 뽑아낸 새치에서 나는 일종의 착시 같은 거라고 너
는 말했다

강바람이 둘러준 스카프 노란 향기는
강이 끝나도록 걸어도 마르지 않을 것 같았다

영문 모르는 철망 울타리 안에서 나는
점멸 신호등 위로 떠 오른 초승달을 보고 있었다

믿었던 결은 너무 쉽게 갈라져서

여름이 다 자라기도 전에 툭툭 떨어졌다
번지고 구겨진 말은 보이지 않아도 들렸다
도착하지 못한 엽서는 그것만으로 충분했다


한 나무에서 우는 매미처럼
돌아보면 마주치는 거리에서 우리는
등이 갈변하는 줄도 모르고 목이 굽어지도록
붉은 신호등만 깜박이고 있었다

# 한 상자 미인을 싣고

서울 8천7백 킬로미터 이정표 지나
졸음이 경작하는 올리브밭 지나간다

앞서가는 빈 트럭 지붕이 콜라 한 상자 이고 간다
빈 짐칸을 두고 왜 지붕에 위태롭게 싣고 가는 걸까
죽비 맞은 동자승처럼 질문이 쏟아졌다

과년한 딸이 있다는 구혼 광고인데
예전엔 지붕에 항아리를 올렸던 풍습이었으나
요즘은 여인의 몸매를 닮은
콜라병을 싣고 다니는 중매쟁이라 한다

눈길은 정숙한 처녀 걸음으로 걸어가고
나는 콜라병 꽁무니를 스토커 자세로 따라간다

트럭이 머무는 곳에 들어서면
돌궐 사내의 우람함에 눈이 흐려 따라나선
날렵한 고구려적 처녀를 만날 수 있을까

달리는 등좌에 앉아 뒤돌아 활 쏘던
요동벌 사내를 사랑했노라 고백을 들을 수 있을까

보스포루스에서 발을 씻고
고향 가듯 비단길 걸어보자
항아리 콜라병 그런 거 없어도 시집갈 수 있다고
피에르 로티 언덕 찻집에 앉아 차이를 권해볼까
그날 그 눈빛 변함없다고
미너렛 첨탑에 맹세해 보일까

## 배롱나무꽃

이것아 우짤라꼬,
차라리 죽자 죽어

대청마루 뒤란에서 서슬 퍼런 목소리가 처마 밑 제비 소
리를 잘랐다
채전 옥수수잎이 바람을 흔드는 틈으로
끊어질 듯 이어지는 울음소리 들렸다
돌담 옆 배롱나무는 오슬오슬 한기 서린 꽃을 피우고
마루 밑 백구는 마당을 볶아대는 햇볕만 물끄러미 보고
있었다

예쁨은 예리해도 언제나 동그란 눈빛으로 웃어주던 매롱
이 누야
알아들을 수 없는 영어 노래를 흥얼거리며 봉선화를 심고
도회지란 곳을 다녀오면 가방에서 사탕을 꺼내주곤 했다

그 집 앞을 지날 때면
달그락거리던 책보자기는 숨을 죽이고

귀는 길쭉해지고 발걸음은 고양이를 닮아갔다
그럴 때면 내 가슴엔 보이지 않는 배롱나무꽃 같은
붉은 기분이 피어올랐다

매미가 개울물 소리를 다 마실 듯 울던 날
누야가 스미치온을 먹었다는 말이 쉬쉬하며 돌아다니고
마주치는 눈빛들은 말이 없었다
며칠 후 꽃 없는 상여가 또 나가고
목타는 개울물은 숨을 죽였다

전과 갈피마다 꽂아둔 꽃은 바스라지고
방학 숙제는 넘기면 넘길수록 빈 페이지뿐
하얀 종이마다 붉은 꽃이
뚝 뚝,
지고 있었다

# 누드화 그리는 밤

뜬 눈은 하얀 도화지
감은 눈은 들리지 않는 소리로 그리는 그림
반쯤 뜬 반광등은 누드화 그리기 좋은 연필이다

낚싯줄에 끌려다닌 해안 백 리 길은 삶은 매생이였다
불을 껐다
미덥지 않아 보이는지
형광등이 반 눈뜨고 혼곤을 내려다봤다
저것이 뭘 볼 게 있어 저러나 다시 켰다 껐다
귓등으로 듣는 소라 귀였다
나이가 들면 감으나 뜨나 같다는데 저것도 그런 종족일까

파도 소리가 눈꺼풀을 열면 피곤은 눈썹을 당겨 닫고
다시 뒤지면 벽이 돌아눕는 쪽방
어디서 조잘대는 소리가 달팽이관을 오르내렸다
눈 뜨면 멈추고 눈 감으면 조잘거렸다
이건 뒷담화 옥타브다

지난밤 나신 곡선과 근육 볼륨을 그리다가
　벽 잠을 자고 간 등짝 타투를 현란한 눈썰미로 새기는 게
아닌가


　내 고약한 잠버릇도 스캔해서 아무에게나 일러바치겠지
　방바닥에 널브러져 있을 도다리 눈 한 마리 쩨려보며
　거뭇거뭇 비늘 나신을 그리겠구나


　졸음은 껌벅거리며 기어오르는 그림자를 걷어찼다
　스프링 반사각으로 펄쩍 솟구친 몸부림척이
　반광등 눈꺼풀을 아예 뒤집어버렸다

# 철새 공항

닦은 듯, 겨울 하늘에 창을 내걸면
철새 마을은 어김없이 공항을 열고 프리즘 날개를 편다
캐리어도 없이 찾아온 손님을 한 가족 거부하지 않고
노을빛 고요 속으로 거대한 소란을 품어 안는 갈대숲

길들이지 않은 새들이 길을 잃지 않고 돌아오는
날개 너머 날개를 바라보다가 창은 하늘을 닫고
손바닥 온기를 담은 블랙 미러를 펼친다

접안렌즈 하늘을 나는 새는 숲을 찾아들었는지
이코노미에 구겨지고 젖은 남색 날개는 어디서 펴고 말리
는지
공기뼈 같은 등짐을 내려놓고 새파래진 손을 맞이하는 창
너머엔
하루가 주홍빛으로 가지런한지
날개를 가진 것들이 돌아오는 둥지엔 어둠보다 먼저
불안이 검색대 안색으로 다가온다

비닐랩을 떼지 않은 세간은 입국장에 나가 목을 빼다 돌
아오고

책갈피에서 떨어진 노란 포스트잇에 눌러쓴 글자는

체온에서 갓 빠져나온 깃털보다 따뜻하다


흑점을 향한 창의 궤도는 변함없이 돌고

새들은 여행변경선을 넘어 랜딩기어를 내리는 저물녘

바람칼에 잘린 하늘 조각에 그린 패스를 투사해도

보랏빛 고도를 여는 문은 붉은 빗금만 수신 중이다

# 자린고비 김밥

두 봉지의 허기를 샀다
반찬 따로 김밥 따로,
둘이지만 한 편인 충무김밥
바다를 평상 삼아 먹자던 다짐은 각자 차에 싣고
김밥 꾸러미 하나씩 나누어 헤어져야 하는 길이었다

파도 소리 나는 하얀 포장지를 켜켜이 열자
반찬은 없고 김밥만 군량미처럼 쌓여 있었다
친구는 충무를 나는 김밥을 가진 셈인데
김밥 한입 베어 물고 무김치 생각 한쪽 잘라먹고
또 한입 먹고 벙글어질 친구 웃음 한 장면 씹어 먹다가
어쩌다 반찬이 김밥 밖으로 나온 것일까
장군 호를 빌려 쓰는 김밥에게 물어보고 싶었다

낟가리와 헛 가마니를 쌓아 적의 겁박 책으로 삼듯
김밥부대와 반찬부대로 나눈 것일까
학익진 전술로 날개를 펴듯
몰살을 피해 편을 나눈 전술이었을까

깊지 못한 사려가 기를 세우려 하자
장군께선 그까짓 얄팍한 전술이 아니었다는 듯
입안에 든 김밥이 흑백 군사로 편을 짜서 나를 협공한다

가난한 나라 곡간을 걱정하며
조식에는 김밥으로 전투를 하고
저녁에는 반찬으로 경계를 서야 하는,
아껴 먹일 수도 넉넉히 먹일 수도 없는 난감함에
김밥과 반찬을 따로 궁리했을
장군의 고심을 헤아렸다

손가락만 한 까만 김밥들이 판옥선에 실려 멀어지고
적군을 향해 달려가는 병졸들 머리였다가
별 황자총통으로 솟구쳐 포성을 울리고
밥알이 불화살로 날아가는,

해전이 숨 막힐 듯 지나가는데

쉬이 먹지 못한 김밥에는

눈요기에 지친 허기가 갈치 떼처럼 달려들었다

# 접힘과 펼쳐냄, 그리고 생의 떨림

임지훈

# 접힘과 펼쳐냄, 그리고 생의 떨림

## 임지훈

(문학평론가)

  우리는 더러 자신이 살고 있는 세계가 좁다는 느낌에 사로
잡힌다. 익숙함에서 발원하는 것이기도 하지만, 실제 현실에
서 우리가 살아가는 현실적인 면적이란 그리 크지 않은 탓이
기도 하다. 집-직장을 오갈 뿐인 현대인의 단순한 삶의 궤적에
서, 한 사람이 하루 동안 감각하는 공간의 넓이란 지하철 한쪽
과 버스 한켠, 사무실에 놓인 책상 한 폭 정도일 따름인 것이
다. 그 단순한 삶 속에서 인간의 세계는 점점 더 좁아진다. 비
유적인 표현이 아니라, 실제로 그러하다. 익숙함이 가중되어
루틴화 될수록 우리의 세계는 한 폭 한 폭 접혀나가, 이윽고

아스팔트 길바닥 외에는 남지 않게 되어버린다. 그사이 숨어 있는 샛길들과 소리 없이 피어난 풀꽃, 조용히 내려앉는 낙엽 같은 것들은 우리의 눈에 들어오지 못하고 시간 속에 묻혀버린다. 그래서일까. 지금 우리가 마주한 이 시인은 전부라 여겼던 세계를 닫는 시도를 감행한다. 익숙함에 루틴화 되어버린 세계를 닫고 새로운 세계의 문을 두드리는 사람. 어쩐지 그의 시도는 우리를 향해 다음과 같이 말하는 듯하다. 익숙함으로부터 멀어져야만 우리는 그 안에 접혀 있던 새로운 세계를 만날 수 있다고. 혹은, 인간의 세계란 익숙함으로부터 달아날 때 비로소 확장될 수 있다고 말이다.

이동건 시인의 시집『금목서 향기는 그늘을 가리지 않고 빛난다』는 자연 속에 담긴 인간의 일상을 깊이 있는 시선을 통해 탐구하는 시집이다. 그의 시집은 일상적인 경험과 자연의 모습을 두루 포착하며 그 속에서 인간 존재가 갖는 실존적 질문을 예리하게 펼쳐내고 있다. 이러한 포착과 펼쳐냄은 자연을 대상으로 삼아 객관적으로 바라보는 인간의 것이 아니라 자연 속에 담긴 인간의 시선을 매개로 이루어진다는 점에서 현대 도시인의 시선과는 다소간 차이가 있다 할 수 있다. 아마도 이러한 시선은 그가 익숙했던 세계를 닫은 대가로 얻어낸 시선이라 할 수 있을 텐데, 그것은 세계의 접힌 단면들을 고이 펼쳐내어 우리에게 전달한다. 익숙한, 그러나 새삼스럽게 느껴지는 사물들의 관계 속에서, 시인은 새로운 삶의 양식을 개

발하고자(혹은 잊어버린 삶의 양식을 다시금 발굴하고자) 시도하고 있는 듯하다.

시인의 이와 같은 의도는 그가 서두에 적어둔 시인의 말에서부터 정교하게 제시되고 있는데, 이러한 의도를 시인은 익숙했던 세계의 문을 닫고 새로운 세계의 문을 두드리는 과정이라 표현하고 있다. 이는 『금목서 향기는 그늘을 가리지 않고 빛난다』를 관통하는 주제의식이기도 하다. 그의 작품을 읽으면서 우리는 낯익은 풍경 속에서 낯설게 빛나는 시적인 순간을 발견하게 된다. 시의 본령이 익숙한 현실을 낯설게 여김으로써 그 안에 켜켜이 접혀 있던 단면을 새로이 발견하는 일이라는 사실을 떠올리자면, 그는 참으로 본령에 충실한 시인이라 할 수 있다. 그가 접혀 있던 단면을 펼쳐낼 때, 여기에서는 인간 존재가 현실에 몰두해 잊어버리고 만 존재론적 질문이 솟아나온다. 이는 우리가 견지해야 할 질문을 담고 있는 것이면서 왜 그러한 질문을 잊은 채 문명의 속도에 휘말려 떠내려가고 있느냐는 질타이기도 하다.

시인의 시선은 다음과 같은 경로를 갖는다. 먼저 대상에 대한, 외부를 향한 시선이다. 대개 시의 첫 구절을 장식하는 것은 이와 같은 시선으로, 화자는 먼저 시적 상황을 예리하게 바라보며 상황이 가진 익숙함 속에 접혀 있는 낯선 단면을 펼쳐낸다. 펼쳐냄은 곧 하나의 시편이 갖는 중심적인 질문을 구체화시키는 행위이면서 동시에 하나의 시적 상황을 일관된 관점으로 채색하는 행위이기도 하다. 시인의 시선을 통해 이루어지는 채색 속에서, 외부 대상을 향해 펼쳐져 있던 존재론적 질문은 대상의 내부를 파고들어 대상을 자기화시키는 효과를 발생시키는데, 이는 다시 말하자면 대상 속에 감춰져 있는 고유한 깊이와 정서적 울림을 탐색하는 과정이기도 하다. 이러한 과정을 통해 일반적인 사물은 시적 대상으로 승화하며 그 속에서 화자는 세 번째 단계로 진입한다. 시적 대상의 고유한 깊이와 정서적 울림을 자신의 언어로 펼쳐냄으로써 그 안에서 자신의 내부와 깊이를 발견하는 일이다.

　이처럼 외부에 대한 시선에서 시작한 시인의 언어가 이윽고 자신의 내면을 발견하는 일로 이어지는 것은『금목서 향기는 그늘을 가리지 않고 빛난다』에서 반복되어 나타나는 특징이면서 이동견이라는 시인의 장점이기도 하다. 이를 위해서는 섣부름이 자제되어야 하고, 그러한 자제만큼이나 외부 대상을 향한 시선을 오래도록 견지할 수 있어야 한다. 대상의 고유한 깊이와 정서적 울림을 발견하기 위해서는, 그리하여 '나' 아닌 대상으로부터 '나'의 내면을 발견하기 위해서는 외면에 대한 탐구만으로는 부족하기 때문이다.


　　바람을 먹고 사는 풍선인형

　　신장개업 화환에 둘러싸여 춤을 춘다

　　아무도 지켜보지 않는 출근길 아침

교차로 신호등 앞에 서서 신호를 버리고 춤사위를 지켜봤다


불콰한 얼굴 머리는 산발 발마저 묶인 바람 댄서

막 야근을 마치고 눈을 붙인 가로등은 자거나 말거나

팔을 비틀고 허리를 꺾고 고꾸라질 듯 자빠질 듯 묘기를 보이는데

음악과 스텝이 엇박이다

멀쑥한 키와 길쭉한 다리는 붉은 머리띠 대열을 이끌고

둠 둠 둠 북소리 휘날리며 학춤 추던 학다리 같다


한 시절 어딜 다녀왔을까

어쩌다 바람에 덜미 잡혀

발목마저 저당 잡히고 춤을 파는지

성치 않을 저 속과 허리를 나는 좀 알고 있다


내 것보다 남을 먼저 일으켜 세우던 속 없는 사람

그 허한 속을 바람이 드나들며 밥을 먹인다

바람에도 피가 흐르고 생각이 드나들어서

나도 저 바람을 먹고 끊어진 기타 소리를 내며

생의 거리를 떠돌았다


내일은 또 어느 축제판에서

바람의 찬송가를 현란한 비트에 맞춰 빅 스텝을 밟을지
　　　　　　　　　　　　　　　　　　　　　—「풍선인형」 전문


　위의 시는 『금목서 향기는 그늘을 가리지 않고 빛난다』에
서 나타나는 시선의 이동과 외부 대상에게서 '나'의 내면을 발
견하는 과정을 특징적으로 보여준다. 화자는 먼저 나의 바깥
에 있는 외부 대상을 오래도록 바라보고 있다. 그 대상은 신장
개업한 집 앞을 현란하게 장식하고 있는 「풍선인형」이다. 대
상을 바라보던 시선은 대상이 놓인 주변 공간으로까지 확장되
어, 사람들의 이목을 끌고자 현란하게 춤을 추는 인형의 모습
과 "아무도 지켜보지 않는 출근길 아침"이라는 대비를 만들어
낸다. 우리 또한 평범한 아침마다 마주하는 이와 같은 환경 속
에서 우리가 좀처럼 시선을 주지 않는, 그래서 그 대비를 좀처
럼 느낄 수 없는 시적 정황이란 앞서 말한 일상 속에 접혀 있
는 순간이라 할 수 있을 것이다. 화자는 그러한 접힌 순간 속
으로 계속해서 시선을 던지며 이윽고 대상의 내부를 향해 깊
이 나아간다. 그러한 끝에서 화자는 풍선인형의 외부적 형상
을 살아 있는 인간의 모습에 빗대어 표현하며 평범한 도시인
의 존재 일반으로 확장 시켜 나간다. 그러한 과정 속에서 화자
는 다음과 같이 말한다. "한 시절 어딜 다녀왔을까/ 어쩌다 바
람에 덜미 잡혀/ 발목마저 저당 잡히고 춤을 파는지/ 성치 않
을 저 속과 허리를 나는 좀 알고 있다". 외부 대상을 향한 시선

을 견지하며 대상이 가진 깊이에 골몰하는 과정을 통해 화자는 '나'의 앎을 발견하는 것이다.

이처럼 이동견의 시는 외부 대상을 향한 시선의 깊이를 통해 일상 속에 접혀 있던 낯선 순간을 풀어내며 그 안에서 '나'를 발견한다. 그리고 이러한 과정에서 촉발된 질문은 접혀 있던 일상이 펼쳐지듯 함께 개화하여 존재 일반을 향한 실존적 질문으로 확장된다. 위의 시에서 그러한 의미를 탐색해 보자면, 우스꽝스러울 수도 있을 '풍선인형'의 모습이야말로 현실을 살아가는 우리의 모습과 다를 바 없다는 성찰이면서 동시에 우리가 잊고 잊는 생의 진실이기도 하다. 이러한 시선의 이동에 따른 시적 전개는 한편으로 선경후정의 전통적인 서정시의 양식과 닮아 있으면서도 그 사이에서 일어나는 시선의 전환을 매우 유려하게 해낸다는 점에서 특징적이다. 이때 외부 대상은 나와 분리된 객체로 존재하는 것이 아니라, 미처 언어화되지 못한 나의 사유와 감정이 담긴 보고처럼 느껴지게 된다는 점에서 더욱 그러하다. 따라서 시의 구조 속에서 화자의 바깥을 향한 시선과 내면을 향한 시선은 서술에 따라 구분 가능하면서도, 엄밀한 의미에서는 구분이 가히 불가할 정도로 밀접하게 맞닿아 있다고 할 수 있다. 조금 다른 말로 표현하자면, '나'의 내면을 향하는 시선이란 마치 뫼비우스의 띠가 어느 순간 뒤집혀지듯이 외부 대상을 향한 '나'의 시선의 자연스러운 배면이라 할 수 있다. 이는 화자가 자연을 관찰하고 이에

대해 서술하며 자신의 내면을 발견해 가는, 자연주의적인 성
격이 도드라지는 시편들에서도 마찬가지로 발견되는 특징이다.

천변에서 새가 운다
냇물도 숨죽여 흐르는 깊은 밤에
새 두 마리가 운다

새는 보이지 않고 울음만 들린다
금 간 창이 떨어질 듯 쩌렁쩌렁 운다
한 마리가 울면 다른 새가 받아서 울고
다시 한 마리가 되받아서 더 큰 소리로
밤을 찢을 듯 울어댄다

이건 우는 게 아닐 것이다
문 열어 달라고 발로 쾅쾅 차는 협박일 것이다
한 번만 봐달라고 애원하는 절규일 것이다
하루 이틀도 아니고 허구한 날 늦은 귀가에
성난 암컷이 수컷 길들이기일 것이다

다시는 그러지 않겠다는 각서에 떠밀려 문전박대당하고
야심한 아파트 그네에 앉아
마누라 이름 불러 대던 주정뱅이처럼

저 한 쌍도 오늘 밤은 쉽게 끝날 것 같지 않다

창 열고 귀를 빼고 들어봐도
어느 쪽도 기세는 꺾이지 않는다

목을 빳빳이 쳐들고 다니던 때가 있었지
예리한 쌍날 눈빛을 안주인 양 씹어 삼키던
생각만으로 오싹해지는 그런 날 있었지
내일 아침을 생각하면,
크는 아이를 생각하면,
소름 돋는 쪽이 져주었을 것이다

저들도 아이를 걱정하고 옆집을 생각했는지
얼굴은 좀처럼 보여주지 않는데
언제 달려왔는지
열사흘 달이 깊숙이 플래시를 비춘다

—「밤에 우는 꽃」 전문


천변에서 새가 우는 풍경이라는 외부 대상을 향해 있던 화
자의 시는 그 외부 세계를 향해 자신의 시선을 한 번 더 던지
며, 자신의 눈에 비친 풍경의 의미를 곱씹는다. 무릇 인간과는
다른 감정과 감각을 갖고 있을 자연이지만, 화자는 그것이 갖

는 의미에 대해 고민하기 위해 상황 속에 대상이 놓임으로써 발원하는 의미를 찾아 자기 내면에 존재하는 언어를 탐색한다. 그 과정에서 화자는 다음과 같은 아이러니한 문장을 길어 낸다. 동물의 '울음소리'라는 보편적 표현과 대치되는 것으로서, "이건 우는 게 아닐 것이다"라는 발상이 그것이다. 화자는 그러한 발상으로부터 저 외부 세계에 놓인 새 두 마리의 풍경을 다시금 관찰한다. 일상적인 보통의 풍경은 이제 화자의 시선 속에서 전혀 다른 풍경으로 채색되는바, 한편으로는 평화롭다 말할 수도 있을 풍경은 문명 속 인간의 삶에 대한 서글픈 기억과 각성으로 이어지게 되는 것이다.

위의 두 편의 시에서 공통적으로 발견되는 것은 우리의 일상에서 익숙함에 접혀 있던 순간을 펼쳐내는 시인의 능력이다. 그 과정을 통해 일상 속 하찮은 존재라 셈해지던 사물의 모습들은 시적 대상으로 격상되며 한 폭의 인간 존재와 다를 바 없는 모습임이 발견된다. 이러한 과정은 가장 고귀한 존재라 할 수 있을 인간이 그 셈법 속에서 가장 하찮은 대상들과 사실은 별반 다를 바가 없다는 통찰을 수행하는 과정이라 할 수 있을 것이다.

하지만 중요한 것은 인간 존재가 다른 존재와 다를 바 없다는 사실에 대한 인식이 아니다. 중요한 것은 그러한 통찰 속에서 우리는 인간 존재에 대해 잊고 있던 가장 근본적인 사실을 다시금 발견한다는 것이다.

새도 날지 않는 삼복 들녘을 뭉게구름이 끌고 간다

구름 그늘을 쓰고 깻잎 따는 사내

밀짚모자 아래 희끗희끗한 숲에서 발원된 계곡엔

생의 간수가 찰랑거린다


배춧잎도 아닌 깻잎을

반나절에 한 고랑을 따면 라면을 먹고

고랑 반은 따야 막걸리에 고기도 한 점 하는데

요놈의 날씨가 깨고랑에 깨꼴랑하게 생겼네


깻잎 벌레 구멍을 하늘에 비추면

할리 데이비슨은 천둥소리를 내며 달린다

그의 꿈은 지구 속도를 따라잡는 프로 라이더였다

빨간 하이바를 쓰고 가죽 장화만 졸라맸다 하면

자산목록 1호 오토바이는 어디라도 그를 황제로 모셨다

그 포즈에 홀딱 정신을 내준 미니스커트는

풍선껌을 딱딱 씹으며 뒷자리에 폴짝 올라탔을 것이다


트럭을 몰고 달리는 그의 속력은 언제나 프로 라이더 자세다

팡팡거리며 추월하는 마니아 무리만 봤다 하면

그의 질주 본능은 따라잡지 않고는 멈추지 않는다

해거름 녘은 공판장을 향해 달려가고
가마득한 고랑 끝 깻잎은 어서 오라고 손짓을 해댄다


아무리 지구 속도를 밟아도
바퀴는 구름 꽁무니에 앵앵거릴 뿐
제 키를 넘지 못하는 깻잎의 질주는
죽어라 달려도 제자리다

―「자벌레」전문


　예컨대 그 근본적인 사실이란 위의 「자벌레」라는 시에서 제시되는 깨달음과 같다. 인간 존재가 자신의 현실에 매몰될 때는 자연스럽게 잊히지만, 이윽고 그 몰입에 균열이 발생될 때면 어김없이 튀어나오는 사실. 그것은 바로 우리가 경험하는 모든 감정과 감각들이 우리가 생을 추구하는 과정으로 인해 촉발된다는 근본적인 사실이다. 위의 시에서 화자는 그러한 깨달음을 "깻잎의 질주"로 표현하며, 인간 삶의 무상함과 동시에 그러한 무상함 속에서도 어김없이 피어나는 생의 경이로움을 드러내고 있다. 모든 존재란 그것이 고귀하든 혹은 하찮든 관계없이 한 발짝 물러나 바라볼 때 "죽어라 달려도 제자리"인 것에 불과하다. 그러나 진실로 경이로운 것은 그러한 진실 속에서도 무수한 희노애락이 들꽃처럼 피어나고 진다는 사실이다.

그러한 의미에서 이동견 시인의 시집에서 하나의 인간이 진실로 경이로운 것은 그 존재가 갖는 사회적인 위대함이나 직업적 성취 따위에 달려 있는 것이 아니다. 진실로 경이로운 것은 그 모든 존재가 한 발짝 멀어져 시선을 달리할 때면 모두 하찮고 그지없는 미물이면서도 동시에 그 작디작은 삶 속에도 크고 넓은 무수한 감정과 감각이 숨어 있다는 사실이다. 이를 다시금 처음의 말로 되돌리자면, 이동견 시인의 시적 경로가 수행하는 일이란 존재 일반의 익숙함 속에 접혀 있는 그 무수한 단면을 펼쳐냄으로써 하나의 생이 실은 불가해한 깊이와 폭으로 이루어져 있다는 실존적 진실에 가닿는 일이라 할 수 있을 것이다.

부푼 땅을 박차고 솟구친 배추꽃밭
노란 향기가 떴다방을 불러 모은다
루이뷔통 백팩을 멘 배추흰나비가 당당한 포즈로
34층 현관에 내려앉는다
익숙한 포즈는 멀티칩 빨판으로 깊숙이 비번을 찔러 넣는다

재개발 공터 포차에 둘러서서
컵밥을 어둠에 말아 먹는 등 굽은 그림자들
매운 국물 위로 쏟아붓는 나비 성 불빛은 화려한 나트륨이다
데칼코마니가 실루엣 창에서

달콤하게 폈다 황홀하게 접힌다


소주잔은 하현으로 기울고

빈 잔은 한숨으로 차오른다

돌려막기로 등이 휜 카드는 길을 잃은 지 오래

아무리 접었다 펴도 날개가 될 수는 없어

주름을 접어 바닥을 끌고 다녔다


어떻게 더 부서져야 날개를 가질 수 있을까

얼마나 더 가벼워져야 우화할 수 있을까


한 줄기 바람이 양지를 접수하는 아침

떼어낼 수 없는 유충 시치미를 매달고

더 높은 곳을 향해 나비의 유희는 날아오른다

— 「나비 성城」 전문


　위 시의 마지막 구절, "더 높은 곳을 향해 나비의 유희는 날
아오른다"와 같은 구절이 그 문장이 지닌 물리적 부피보다 더
크고 깊은 의미를 지닐 수 있는 것은 이 때문이다. 한 마리의
하찮은 미물에 불과한 "배추흰나비"조차, 그 삶의 내면에는 무
수히 접힌 생의 단면을 지니고 있다는 사실이 먼저 통찰되어
야 하고, 그 이전에 그 무수한 접힌 단면 속에는 셀 수 없이 많

은 감정이 불가해한 깊이와 진폭으로 담겨 있다는 사실이 감각되어야 한다. 그러한 과정을 통해서만이 나비의 일상적 비행은 보편 이상의 보편으로 그 의미가 새겨질 수 있는 것이다.

하지만 그 의미란 독자에 따라 다소간 다르게 읽혀질 수 있는 것이겠다. 어떤 이는 나비의 부침을 읽으며 자신을 투영할 수도 있는 일이겠고, 또 어떤 이는 날아오르는 그 순간에 담긴 무수한 접힘을 바라보며 자신의 미래를 상상할 수도 있는 일이겠다. 이동견의 시 속에 무수히 많은 접힘과 펼쳐냄이 담겨 있듯이, 시를 읽는 독자 개개인에게도 무수히 많은 접힘과 펼쳐냄이 존재하는 까닭이다. 하지만 분명한 것은 이동견의 시와 문장들이 그 물리적 부피를 아득히 뛰어넘는 깊이와 진폭을 담고 있다는 사실이다. 그의 시가 담고 있는 무수한 접힘과 펼쳐냄 속에서 화자가 자신의 생의 진실을 발견해내는 과정들처럼, 더 많은 독자들이 그의 시를 통해 자신의 생에 새겨진 접힘을 펼쳐내어 생의 의미를 발견할 수 있기를 기원한다. ▨

| 이동견 |

영일만의 해를 맞이하는 포항에서 태어났다. 경남대학교 산업대학
원 산업미술학 석사 과정을 졸업했다. 2008년『문학세계』로 등단했
다. 2022년 KBS 한국방송공사 경제 수기 오디션에서 장원을 수상했
다. 시각 디자인을 생의 도구로 썼다. 시각 디자이너가 시각을 닫고
농부가 되었다. 아니다, 나무를 키우는 목부다. 나무는 시인을 키우
고 시인은 시를 짓지 않고 지구 옷을 짓는 중이다.

이메일 : indkyee@hanmail.net

현대시 기획선 112
**금목서 향기는 그늘을 가리지 않고 빛난다**

초판 인쇄 · 2024년 10월 15일
초판 발행 · 2024년 10월 20일
지은이 · 이동견
펴낸이 · 이선희
펴낸곳 · 한국문연
서울 서대문구 증가로29길 12-27, 101호
출판등록 1988년 3월 3일 제3-188호
편집실 | 서울 서대문구 증가로31길 39, 202호
대표전화 302-2717 | 팩스 · 6442-6053
디지털 현대시 www.koreapoem.co.kr
이메일 koreapoem@hanmail.net

© 이동견 2024
ISBN 978-89-6104-368-7 03810

값 12,000원

* 이 책은 경남문화예술진흥원의 문화예술지원을 보조받아
발간되었습니다.